Sì
四 李

Yǒu Wèi
有 味

陈美桥

著

成都时代出版社
CHENGDU TIMES PRESS

目录

灵性的耳朵 / 003

夜雨剪春韭 / 007

激情燃烧属香椿 / 011

韵味悠长冲菜香 / 015

奔跑的猪蹄 / 019

人间有味是清欢 / 023

至美孤行是竹笋 / 027

弯弯绕绕肥肠香 / 031

又闻槐花香 / 036

桃花流水鲫鱼肥 / 040

人间"苍桑" / 045

胡豆年年香 / 050

难舍大头蒜 / 054

平凡人家的豆腐 / 059

端午的粽子 / 078

君子的声音 / 082

凉　面 / 086

陌生的鳝鱼 / 090

苦　瓜 / 095

掠过寂寞的皮蛋 / 098

茄　子 / 103

黄瓜的前世今生 / 107

姜山永存 / 111

南瓜滋味长 / 116

花生的声音 / 120

绿豆嘣嘣响 / 125

樱桃好吃树难栽 / 129

火爆的猪腰 / 133

秋

柔软深处的味道 / 150

红烧牛肉面 / 155

锅 魁 / 160

滚滚而来是土豆 / 165

松弛的河蟹 / 169

面鱼儿 / 173

奶 茶 / 178

关于虾 / 183

苹果入菜 / 187

鱼羹妙制味犹鲜 / 191

包一碗抄手 / 196

好吃不过一碗炒饭 / 201

大地的腹语——藕 / 206

紧束的，释放的 / 226

凉粉是舌尖上的硝烟 / 231

滑肉与酥肉 / 236

闻鸡起筷 / 240

隐秘的火炬 / 244

砂锅煲出的暖意 / 249

面疙瘩和扯面块 / 254

倔强的萝卜 / 259

荔园的烧鸡 / 264

馒　头 / 269

蚂蚁上树 / 274

腊肉飘香 / 278

新年旧食 / 282

一碗汤圆，团团圆圆 / 287

春

卷

四 — 季 — 有 — 味

灵性的耳朵

　　许是春风叩响了山野的门扉，它警觉地从泥巴里钻出来，竖起的耳朵背部有蜡质的红嫩，像刚刚出生的耗子。川东人叫它"折耳根"，学名"鱼腥草"，乳名叫作"蕺"。"折耳根"描摹出形态，"鱼腥草"则提炼了味道。

　　在春秋时期，折耳根只是一种野菜，传说越王勾践在卧薪尝胆时期，为了渡过饥荒，曾带领乡民择蕺而食。到晋代时，折耳根在会稽一带已很常见，谢灵运的《山居赋》云："畦町所艺，含蕊藉芳。蓼蕺菱芹，蒩菲苏姜。"

　　用小锄头在田埂或坡边挖折耳根，是我与祖先共通的做法，肉体承载的基因没有让这种习惯断裂，共同的味觉爱好，拉近了我与祖先的距离。一锄锄进土里，手指长的白嫩根部刚好与握它的手掌齐平，往往捎带泥巴，还挟着苔藓和草屑。

折耳根似乎具有某种灵性，有着敏锐的听觉。莹白脆嫩的根部顶着小巧的耳朵，提醒人们这是早春，也是它最可口的时候。连根带叶拌之，往往只需一点蒜泥、盐巴和辣椒油来点缀，就能勾出它深沉又另类的味道，让人不由得食欲满满。

人与人之间往往有着磁场，据说每种一见钟情都是"见色起意"，最初吸引人的往往是皮囊。而长久关系的维系，还在于人本身的气质，如个体行为中透露的性格和涵养。折耳根之所以在很多人的生活中不可或缺，自然也因"气质"使然。它的口感热情洋溢，食效体贴周全，还会"审时度势"，将自己的最佳食用期"安排"在农闲时段，以便人们去山野挖掘。而到农耕时节，叶片便长大变老，泛出酸涩，深埋于泥土底下的根，也慢慢变得梆硬，难以咀嚼。

对于喜欢吃折耳根叶子的人而言，一撮白糖，足以消减它出挑的酸涩，再用五味调和之法，让它独具特色。只不过，叶子最好现拌现食，时间和盐分都会让它渐渐疲软，神情枯槁。让你想不到的是，无论处于哪种状态，它的内心始终保持一份孤傲，气息分明。吃腌制过时的折耳根叶子，如同欣赏一部悲剧电影，过程悲怆而又惊心。

老硬的根部，虽已无食用价值，但因具清热解毒、通淋等效果，作为一种中药被列入药典。有些地方的产妇坐月子时，还会取折耳根炖汤而食。折耳根在世代的生活中，渐成药食两用的蔬菜。

相传在宋朝时期，古沅洲（今湖南芷江）沿河两岸洪水泛滥，人们不但流离失所，连同牲畜都腹泻不止。村民采用张姓后生的方法，用折耳根煎汤服用，泻止病愈。村民们从此对折耳根产生了深厚的感情。后来，用辣椒粉、芫荽和香醋等料拌和的折耳根，成为当地传统美食。

人对陪伴自己出生入死的伙伴怀有特殊的感情，与食物的交往也是如此。曾经有一段时间，折耳根倾心地拯救过萎靡的我，于我来说它就有了灵性。十多年前，我因父亲病重而寝食难安，一个月下来，身体消瘦，虚弱至极。有一天突然两眼一黑，身子瘫软，灵魂飘离，感觉自己落入一条漆黑的隧道，随许多黑色人影前行许久，直到洞口洒下一丝光明，我才在母亲的哭喊声中吃力地醒来。一大家人既要忧心父亲的性命，又要担心我的身体状况。见母亲总黯然神伤，我登时醒悟，决定振作起来。每一天，我都会用凉拌折耳根提振食欲，让身体不断强健。折耳根在齿间咀嚼的刹那，我觉得它是祖先庇佑我，助我延续生命的馈赠。

云贵川的人们谙熟折耳根之妙。尤其是贵州人，对于折耳根吃法的研究，可谓尽心竭力。折耳根炒腊肉，油脂如软语般感化坚硬的根部，使其在加热下变得绵软，两者搭配，风味极佳。作为作料，包浆豆腐里的折耳根是细小的颗粒，它们总被撒在烧烤或油炸过的发酵豆腐上。豆腐软香，折耳根精干而振奋，这种金灿灿的，自带光芒的小吃，在遵义市乃至全国都别具魅力。

中国作为美食大国，喜欢吃折耳根的人比比皆是。折耳根能出现在万州牛肉面馆的小料里，也可以在北京的火锅店被绾成结、串成串在锅里烫食，还可能被卷进用辣椒粉等料腌制的牛肉片里。牛吃草，人连肉带草一起吞入腹中，居然形成一种生物链意义上的和谐之美。当折耳根与泡萝卜丁以及葱花为伍，被包进一大张五香豆腐干中，在炭火的炙烤下，泛着陈年酸香和浓重的大地之味，成了网红小吃。在蛋糕面包、西餐牛排盛行的当下，或许是某种基因不愿这些朴素的旧食在人们的菜单里消失，试图用坛水的窖藏和泥土的酝酿，唤醒新一代年轻人脑海里关于乡土的记忆。

随着栽培技术的改良，折耳根已不局限于栽在前坡后院，在农田种植折耳根的人也能发家致富。在秋季，他们还会以麦秸加薄膜层层覆盖，或以塑料拱棚的方式，精心培育出嫩芽，在春节前后高价售卖。那些粉嫩的幼芽，根根挺直修长，像刚从胎衣里剥落的婴儿般莹润，似能掐出水来。它入口脆嫩，气味却十分寡淡，像我们盲目追求成长，对时光做出一番敷衍，也像巨婴懵懂，未能启智。

这些嫩芽缺少与风雨搏击的历练，缺少与阳光对峙时感染的温度，更缺少与土地相互依存时所产生的眷恋和感激，所以丢失了自然赐予它们的腥香。那却也是人世间最原始、最珍贵的人情之味。

夜雨剪春韭

每年腊月，强叔都是第一个握着锄头，在韭菜地里细细松土的人。偶尔双手磨得干痛难耐，便往手心吐口唾沫，两个掌心快速对搓之后，又开始下一锄。

临近傍晚，刨好的韭菜地慢慢在他身后退去，像吐出的瓜子壳。他扛回家的锄头缺着牙齿，不断咂着寒气。过几天，又见他低头播种，弯腰覆膜，对每个细节的把控都小心翼翼。

当我快要忘记强叔刨土的样子时，他已担着两篮韭菜，颤悠悠地从我家门前路过。原来春天到了。我兴奋地买下两把最鲜嫩的头茬韭菜，冲洗后，切成长段，只待锅里的挂面断生，将韭菜段下锅稍烫即成。用面汤激香面碗里的蒜泥、盐巴、酱油等作料，将翠绿的韭菜和雪白的面条挑在碗中，嫩香馥郁的韭菜面有"白毛浮绿水"的动感。

立春之日，川东人并没有特定的吃食。咬春，就是咀嚼春的滋味。奶奶总说，没有什么比吃春韭、椿芽，以及刚冒出头的折耳根，更像咬春了。每回吃罢一碗韭菜面，她总期待我再烙些韭菜合子。

先和面，再制馅，是我做韭菜合子的习惯。和面的软硬跟做馒头相当，也可以稍软一些。面团揉好后，盖上湿布醒发，用二十分钟去拓宽它的延展性。遵循统筹方法，在这空当里，用油炒好鸡蛋花放凉。韭菜切碎，先调香油拌和，防止水分溢出；再拌和炒鸡蛋，加盐、五香粉和少量虾皮调味。大面团分成小剂子，小剂子擀成大圆皮，包上韭菜鸡蛋馅对折，完全收口后，用手指顺势在边缘捏上花边。小火烙韭菜合子，烙至两面金黄。咬开香脆的表皮，被封闭和压抑的韭香和蛋香，瞬间在口腔弥散。

适逢新鲜蚕豆从船形的豆荚里蹦出来，加盐煮熟后，与短余数秒的嫩韭一同凉拌，只需油盐和香醋。还可单用余后的韭菜，淋酱油，调盐巴，放上蒜末、辣椒粉，以滚烫的热油浇淋，做成油泼韭菜。韭菜碎同肉馅拌好，用春卷皮叠起来，再入锅煎好，就成了韭菜锅饼。

火候和时长，是炒韭菜和余韭菜都要精准拿捏的要素，否则韭菜疲软，合抱成团，口感大打折扣。炒韭菜，宜将作料事先调好，炒时一只手不断翻动，另一只手适时入料，急火猛炒十来下，即刻起锅。

记不得哪篇文章写过一则故事。说是作家位于郊外的家中，突然到访几位文友，屋中并无好菜可以招待，只剩些辣椒、芫荽、香葱、韭菜和鸡蛋。女主人急中生智，将这几样食材一起炒制，最后竟成大家永生

难忘的美味。这让我想起杜甫那句"夜雨剪春韭,新炊间黄粱"。友情本不在奢华,贵在真诚。

韭菜吃法实在太多,有的菜名还富有诗意。一盘碧玉银芽,绿白交错,鲜嫩脆爽。碧玉是韭菜,银芽乃是豆芽。

若拿韭菜当作料,自然能使许多菜锦上添花。外皮酥香,内里软嫩的潮州普宁炸豆腐,需要吸饱咸香的韭菜汁,才能彰显这款名小吃的魅力。有家川菜馆做酸汤肥牛,末了撒上一层韭菜碎,如湖中浮萍,观之清新悦目。还有将嫩牛肉炒好装盘,撒上韭菜碎,再淋一层热油,像牛犊统统躲进草丛,或头或尾露出一点,你迫不及待地用筷子将它牵出来,这才想起，它还有一个好听的名字，叫"春色满园"。

湖北舅妈擅长做腌韭菜。逢她请客吃饭，总习惯在所有正菜上完之后，随米饭附加一碟酱腐乳、一盘腌韭菜。腌韭菜脆鲜，却极咸，强烈的韭菜香直冲鼻子，与附着的辣椒粉两相呼应，将味觉细胞统统激活，瞬间让人食欲大增。

汪曾祺先生说过，曲靖的韭菜花为咸菜里的"神品"，不太咸，却很香。它一般用新鲜韭菜花与苤蓝丝、辣椒混合腌制而成。但汪老吃的韭菜花，是用韭菜花同风干的萝卜丝一同腌制的。每年七八月间，是曲靖百姓制作韭菜花的旺季。

韭黄，从韭菜的宿根中生出，因闭光生长，无法产生叶绿素，叶子嫩黄透亮。蒜黄与韭黄外观有些相像，容易让人误认。韭黄是大家闺秀，端庄雅致，带着一丝柔情，与红红的虾仁一起爆炒，可谓"郎情妾意"。黄灿灿的韭黄与炒好的蛋花搭配，味道有些俏皮，有些沉稳，似一对互补的闺中密友。

正月回老家，几日都不见强叔在地里劳作，原来他的韭菜地已被征用，所获的赔偿款够他卖一辈子的韭菜。但他仍然种韭菜，在自家院坝里，摆一排泡沫箱栽种。看到已手肘高的韭菜被笋壳包裹着，我就好奇地问个究竟。他说，茎部遮阴，可让韭菜长得更长，也更嫩。我们的社会在不断进步，技术也随之得到提升，但有些根，还是深深地扎在人们心头。

激情燃烧属香椿

　　当春风刮过村头，香椿树就等不及释放它积攒的热情了。先冒出一点小芽，吐出春天的火苗，再等几天，就吐出火舌，猛烈地在枝头燃烧。

　　椿芽可以掰了长，长了掰。每抛洒一次热情，香椿树就成熟一分，直到长成一棵父亲树。椿树长寿。《庄子·逍遥游》载："上古有大椿者，以八千岁为春，八千岁为秋。"古语将父亲称作"椿庭"，母亲为"萱堂"，以"椿萱并茂"意指父母健在。食椿要趁早，正所谓"头茬椿芽贵过油"，其色泽油亮，质地肥厚，香嫩宜人。

因椿树长得过高，不是生在宅院周围，就是河边肥土中，看似粗壮，韧性却非常差，抗压能力弱，容易断裂，采摘时会有安全隐患，北方就有"香椿过房，主人恐伤"的俗语。椿芽，往往是需要仰望的食物，不全因它价格昂贵。

相传自汉朝起，民间已大量食用椿芽，椿芽还一度成为贡品。许多文人雅士，用诗词描绘过它的风情和味道。康有为曾作一首《咏香椿》，"山珍梗肥身无花，叶娇枝嫩多杈芽。长春不老汉王愿，食之竟月香齿颊。"可见，椿芽留香久远。而打香椿，不仅能最早嗅到香气，还成为许多乡下人获得收益的途径。

黎明即起，洒扫庭院。天空刚拉开一道帘缝，贵生哥就腰挎布袋，扛着长长的竹竿去打椿芽。竹竿一端绑着镰刀，将晨雾割出一道狭缝，也割出一缕春寒。

矮处的椿芽可徒手掰下来，嘎嘣一声，他已把"火焰"擎在手里。往高处，举起长竹竿，用镰刀一勾，枝头便垂到面前。更高处，则要爬树才行。

贵生哥正环抱椿树，刘大妈迈着小脚，焦急地跑过来："贵生哎，莫慌莫慌，要抱紧抓稳。"因儿时的一场高烧，贵生哥早就失去了听力，他抱着树干不断往上蹭，双脚已蹭到一人多高。在一根树杈上站定，准备打椿芽时，他才看到相依为命的母亲眉毛鼻子皱成一团，十分担惊受怕的样子，"莫怕莫怕，我有下数。"

打下满满一袋椿芽。贵生哥先抓一把搁在灶台上，他知道母亲最爱这头椿的滋味。其余的，用稻草捆成小把，整齐地装进篮子，提着往城里奔去。他一心想将那些新鲜俏丽、香气四溢的新生命尽早卖个好价钱。

贵生哥午时回到家，炊烟已从冰冷的烟囱爬出来，缭绕至高远处，差点与白云相接。四个鸡蛋入碗，快速用筷子打散，刘大妈又放入切碎的香椿，调上盐巴，搅拌均匀。土菜油的泡沫被柴火烘散，淋入的香椿蛋液"吱啦"炸响过后，又默默定型。香椿的颜色渐渐转淡，与鸡蛋充分交换着自己的体味。贵生哥放下空篮子，掏出一沓钱放在桌子上。大妈并不点数，递上一碗红薯饭，夹两大块椿芽煎蛋，她患有白内障的双眼泛着湿润的怜爱。

椿芽煎蛋十分家常，搭配却相当妥帖，令人回味，也极易传承。椿芽拌豆腐，就显得清雅。氽水椿芽与嫩豆腐合拌，只需调一点盐巴和香油，像是沐浴着春风，用天然的香气给生活做减法。鸡蛋面粉糊调好底味，裹覆椿芽，再入锅油炸，香椿精油得到充分释放，食之如酒后微醺。切片的煮白肉卷进氽水椿芽，再淋上用复制酱油调成的蒜泥汁，就是川菜蒜泥白肉的升级。蒜泥的烈性多少会抢椿芽的戏，但经过肉脂的调解，它们最终彼此忍让、妥协，成全了人们味觉上的新体验。

北方谷雨食香椿，南方喝新茶。谷雨是二十四节气中的第六个，也是春天的最后一个，过了这时节的椿芽，口感开始木质化，不堪入口。

但在江西，人们将老香椿切段，用盐腌好，放入深坛，能储存近一年的椿韵。他们用老香椿硬朗的骨节，为粉蒸肉增添别样的风味。先炒大米。米粒随锅铲不停跳动，直到米香溢出，色泽金黄，待凉后，碾磨成粉。五花肉用盐、酱油、姜末和山茶油腌入味，再均匀裹上米粉，入小坛压实，铺一层腌香椿密封四五天，等椿香缓缓渗进猪肉。这时取出一些，入笼大火蒸熟。老香椿的气场，使得这温润厚重的粉蒸肉，在众多同名菜中独树一帜。袁枚在《随园食单》中写道："肉美，菜亦美。以不见水，故味独全。江西人菜也。"

终归，香椿在树上延续生命，会老而不能食。椿芽要长久保存，还可以在它鲜嫩时，略为汆水沥干，袋装密封后入冰箱冷冻。食用时，取出解冻即可。

读到唐时牟融的《送徐浩》时，不禁黯然神伤。"知君此去情偏切，堂上椿萱雪满头"。家中椿庭已逝多年，而萱堂一直用青丝守候。人间真情，为何往往带着遗憾？

韵味悠长冲菜香

　　毛尖在热水瓶涌出的瀑布中翻转浮沉，静坐的客人眉头深锁，嘴唇翕动，离开茶杯的舌尖似乎还留有余味。看我刚从地里掐回一筐芥菜薹，他惊醒似的，突然喊出做冲菜。

　　开春后，连日的升温模式，让各式绿叶蔬菜纷纷抽薹。就连瓢儿菜和大白菜也只三五天的工夫，就长出花骨朵，放肆地开出黄花。川东乡村，多爱种芥菜，到冬末时，割取中段大部分茎叶，用来晾晒做盐菜，又或入坛浸成泡酸菜。放任剩下的根茎，以及少许底叶，继续在地里吸收日月精华，只待开春这一刻的新生——芥菜薹。还未绽放的芥菜薹，是做冲菜的上好食材。冲菜，也叫辣辣菜，味道冲辣刺鼻，有如芥末味儿。

大门外头是落日，当簸箕上划过暮色，清洗过的芥菜薹已蒸发掉多余的水分，四肢和筋骨变得略为弯曲，有些疲倦。那位客人好一阵子打量那些芥菜，临走时说他第二天会早些上山吃冲菜。

做冲菜看似简单，实则大有学问。据说不同性格的人，做出的冲菜味道有别。比如做事风风火火的泼辣之人，经手的冲菜"冲"味更足。行事温暾者，"冲"味就柔和得多。冲菜刚烈的强度，跟火候息息相关，敏捷之人，往往能更准确地把握节奏。

用余水法做冲菜，要视火候大小、水的多少，以及菜薹的老嫩和分量。比如火大水多菜少，水就不必等到沸腾。如果芥菜薹余烫过度，那股烈性就会被高温抹杀不少。相反水少菜多，水则需要烧开，温度太低，激不出"冲"味。余烫的时间也不能过长，十秒左右，稍微变色即捞起。趁热装置，不但不能怕烫，还要动作敏捷。为避免冷热交替影响冲劲，特别讲究者，会先将容器在沸水里烫热，再装入滚烫的芥菜，加盖密封，使其慢慢发酵。冲味十足后，将其切碎，或炒，或拌食。也有地方做冲菜，是烫过芥菜后，直接切碎拌上作料，再密封发酵，开盖即食。芥菜不宜切得太细，太细不利冲味的聚积，就会有大钩钓小鱼的遗憾。

客人临走时，我正仔细地切芥菜薹，他不声不响地将钱放在了收银台。我目睹他的背影渐渐消失在暮色里，那种落寞，多像手里微微发蔫的芥菜薹。我并没有烧水，而是将切好的芥菜薹直接放进烧烫的锅里，用铲子不断翻动，直到锅里没有多余水分，菜叶变深绿后，马上盛出，加盖密封。历经无数次尝试，我认为这是最易成功的方法。

时间，让芥菜薹缓缓释放出辛辣，容器里氤开孤独和神秘，三五小时后，它便彻底忘记了自己温柔的往昔。清晨打开密封的盖子，冲味直击脑门，泪水差点涌出来。午时，取一些冲菜，将切好的豆干丁一同入碗，又加入辣椒油、花椒粉、盐和鲜味酱油。各种调料在拌和的过程中，分分合合，若即若离，最后完全融合。

那客人果真徒步而来，眼神依旧忧郁。他抿一口茶，又擦燃火柴，点一支烟。吹熄小小火苗，将火柴棍在烟灰盅里磨蹭好一会儿，眼神飘忽地望着远方，才一口接着一口地吐出烟圈。他见我经过，便问冲菜的"冲"劲儿如何。我说相当够味儿。"吃冲菜，莫换气，快扒饭，送下去。"他说这是他家乡人吃冲菜的经验之谈。

事先卤好肥肠，同冲菜一起炒制，用肥肠去中和鼻子里令人疼痛的冲辣。装一桶米饭，将冲菜炒肥肠连同拌冲菜，端到他面前。我站在厨房门口，有意或无意地观察这个有些特殊的人。冲菜连连入口，直到涕泪双流，他才放下筷子，展开一张面巾纸，狠狠地擦拭。然而又过很久，他依然泪流不止。我悄悄地退回厨房，生怕他知道我窥见了他的悲伤。

那天结账时，他的嘴角第一次泛出微笑，说我的冲菜跟他母亲的手艺有得一比，只可惜母亲刚刚离他远去，只剩一捧可以吹散的黄土，和一份永远无法安抚的思念。"父母在，人生尚有来路；父母去，人生只剩归途。"那些被冲菜勾出的泪水，是郁积在内心深处的洪流，当它们得到充分宣泄，他离去的背影才会变得轻松，步伐轻快。

有人说，女人比男人更为长寿，不仅在于她们有经期促进血液循环，也在于她们往往将感情表露于外，善于发泄，纾解情志，使得五脏六腑更加调和。而面对事业和家庭双重压力的男人，一边坚韧地付出，一边隐忍和压抑，无形中渐渐摧毁看似牢固的身体防线，到最后可能不堪一击。

于是，我觉得冲菜或许是男人们都应该尝试的一种素菜。无论他内敛，还是豪放，借一盘冲菜，用筷子轻轻夹起一抹青绿，像借一个支点，把沉重的思绪统统撬起，不让它们将身体砸出永难愈合的伤口。

奔跑的猪蹄

　　不同的嗜肉族，对猪肉评价不同，有人觉得猪肉有难以下咽的臭味。

　　猪肉到底有没有臭味呢？这跟食用者自身的基因和对肉味的敏感程度，以及烹饪手法有关。鸡、鸭、鹅、鱼、兔等，都有其自身独特的味道，也才因此区别于他物。

　　较之其他部位，"接地气"的猪蹄毛腥味更重一些。老一辈人喜食猪蹄，多取其壮筋骨、填肾精的中医效用。也习惯依照以形补形的道理，在腿脚损伤之后，常炖煮猪蹄汤以食疗。也有人用猪蹄汤为妇人下乳，但效果因人而异，譬如《金婚》里的庄嫂，数只猪蹄在她体内奔腾，始终不见一滴奶水，最后还是吃了炖王八才通了乳汁。现在人们食用猪蹄，又多了一重补充胶原蛋白的需求。

　　《食疗本草》讲，猪蹄做汤，可解百药毒。奶白醇厚的猪蹄汤，配一小碟浓郁的蘸料，猪蹄经长时间煨炖，皮肉入口即化，蘸料香辣过瘾。这是四川很家常的一道汤菜——芸豆蹄花汤，或者带丝蹄花汤。蘸料可以是老干妈豆豉或辣椒油佐以酱油，也可以现炒青椒酱，还能从自家坛子里取一勺豆瓣酱。在花园镇的农庄吃蹄花汤，蘸料中的辣椒油入口就渗出丝丝焦香，别具风味，令人食而难忘，但一喝汤头，又觉得毛腥有余，如此功过相抵，也便打消了再续前缘的念头。

　　川东人无论吃带皮的猪肉，还是猪蹄，必先用明火

烧烙表皮，再入温水中刮洗干净后，才进一步烹饪，是为去毛腥的关键环节。这在我十多年前生活过的广州极为鲜见，如若在肉摊遇上，也多半非本地人。不知是不是杀猪匠拔毛技术欠佳，每家肉铺必备一把锋利的刮刀，当客人介意肉皮上有大量残毛时，铺主立即利落地将其刮得一干二净，然而毛之根部还深深地嵌在肉皮中。倘若全是白毛，便不易察觉，换作黑毛猪，点点黑头如墨蚊附着，观之实在有些可怖，唯有回家找出眉夹，将其根根拔出。

卤猪脚，在我内心扛起了卤菜的大旗，我常常因手持一块卤猪蹄，在唇齿和猪皮的相互碰撞中，对于烦忧就有了短暂的失忆。三叔卖的卤猪蹄，是我和弟弟童年时期最美味的记忆，以至于如今总想找回当年那种滋味。三叔擅用叠加之法，在卤好的猪蹄里，调上香醋、蒜泥、葱花、辣椒油等作料拌和，口感丰富，越啃越香，有群山绵延的气势。在湖南常德有一家以猪脚闻名的老饭馆，其卤猪蹄个头不大，热吃时皮爽香糯，一晃近二十年过去，依然门庭若市。

邻里也常做卤猪蹄，一些小孩啃完之后十分欢喜，嘴巴和手上常常黏附一层胶质。还有些调皮者，故意把脏手往白墙上乱抹，惹得大人一阵没好气，以后再食卤猪蹄，桌上就多了千叮咛和万嘱咐。

某古镇上有"神仙猪蹄"，是将卤猪蹄对剖，置于炭火网上，在表皮上撒一层作料，烤去多余的油脂。干香的猪皮携着麻辣香和孜然味，入口软糯又细密。

腐乳猪蹄，算是懒人烧法。猪蹄块冷水入锅，加白醋、高度白酒，水开后氽煮两分钟，将表皮刮洗干净，是炖猪蹄和烧猪蹄去除毛腥的另一个关键环节。再将猪蹄用油炒到表皮泛黄，烹黄酒，加少许水，放大葱、姜蒜、酱油、腐乳块、八角、桂皮、盐和胡椒粉，充分拌匀，随之悉数倒入高压锅中压熟，开盖收汁。如果时间充裕，改用砂锅细火慢煨，味道更加均匀。小小几块红腐乳，使普通的红烧猪蹄有了老照片翻新的惊艳。

湘菜的小炒很有名，小炒蹄花也在其列，猪蹄斩块煮熟后去骨，用姜葱蒜以及辣椒等料回锅爆炒，香辣弹韧，既可满足口腹之欲，又打消了一些人羞于在众人面前大露门牙啃食骨头的顾虑。湘菜中的走油猪蹄，做法就相对繁复一些，猪蹄先在锅里煮至五成熟，捞出来抹上米酒汁，入锅油炸到表皮金黄，再斩块加各种作料入砂锅慢煨至熟烂，拣出锅中多余料块，收干汁水，方才上桌。

还有常吃的白云猪手、沙姜猪手和猪脚饭，不同制法和烧煮的火候，会让猪蹄呈现不同的质感。而此刻，我面前正摆着一碗荞面蹄花，海碗底部垫了荞麦面，上面平铺煮好的猪蹄块，再淋上用小米辣、蒜末、酱油、香醋、辣鲜露等料拌和的味汁。肉皮正好是弹牙的口感，味汁酸辣醒胃，爽口解腻，是一道十分畅销的凉菜。

人间有味是清欢

　　茼蒿，也叫蓬蒿，古时为进贡蔬菜，也称"皇帝菜"。苏轼在《浣溪沙》中曰："蓼茸蒿笋试春盘，人间有味是清欢。"足以说明，茼蒿之受众，非比寻常。

　　茼蒿也称"杜甫菜"。晚年抱病且穷困的杜甫，从夔州（今重庆奉节一带）辗转到湖北公安，为一位叫韦匡赞的人所看重。他设酒席款待杜甫，席间有一道菜，用茼蒿、菠菜、腊肉等食材做成。杜甫吃后赞不绝口，肺病症状也有所减轻，以一首《公安送韦二少府匡赞》作为纪念。后人为纪念这位伟大诗人，便称此菜为"杜甫菜"。童年的奔波，并不会使人感到多少愁苦，而老来的坎坷，即便看得再淡，也多少有些消磨意志。杜甫的感激，不单是一道菜给予饥肠的饱足，更多在于困境中被人珍视，对心灵有莫大的抚慰。

　　属于菊科的茼蒿，有蒿之清气、菊之清香，连虫子都避让三分。但幼时的我和如今三岁的儿子，都对这种味道有点排斥。直到成年，在广州工作时，我才开始吃茼蒿。同事之中，有好几个潮州人，每到寒气袭来之际，便叫上我，一起打边炉。打边炉，即粤式火锅。我们常吃的荤菜，以鸡肉和鱼片为主。但冬至那天，吃狗肉是他们的风俗，好多此类店铺，都热闹非凡。我不吃狗肉，因我父亲属狗，就像我母亲属兔，父亲不吃兔肉一个道理。他们打趣，我这个属猪的，生来吃的猪肉最多。玩笑过后，大家还是尊重彼此的饮食习惯。茼蒿不断在我面前翻滚，像翡翠搏击波涛。夹起来，放在调了白腐乳、韭花酱、酱油、醋之类的味碟里一蘸，脆嫩爽口之余，丰富的汁水充盈口腔。

但是，仍然不喜欢清炒茼蒿，那种味觉上的肥腻之感，很难让人吃上三筷子。于是，蒸茼蒿，用米粉或面粉裹着蒸。米粉要极细，要大火急蒸，过粗不易熟透，于口感和健康也无益。有时，换作细玉米粉，粗粮搭配，其味也佳。蒸时，无须垫盘，宜直接均匀平铺于蒸格之上。因盘底厚重，蒸汽不易穿透底部，表面的茼蒿在锅里焖太久，外观和口感都会大受影响。在蒸之前，放些蒜泥和油盐之类入味，熟后即可食用。倘若还嫌寡淡，可用蒜泥、辣椒油、酱油之类调味蘸食。蒸汽消解掉茼蒿里隐含的浓烈，在粉子里透出适宜且优雅的风度。

茼蒿当然可以生吃。一位友人在钻研文学之余，似乎也乐于烹制食物，特意告知我一个拌茼蒿的方法。洗净的茼蒿切寸段，佐以蒜泥、生抽、盐、辣椒油、鸡精、少许白糖和小米辣拌匀，末了撒上油酥花生米。茼蒿的异香，与辣椒油和小米辣复合的香辣相碰撞，入口清奇。尤其是偶尔一粒花生米，在齿间粉碎后溢出酥香，如同满眼翠绿的原野，突然开出花来。

2012年，我做的一道以榨菜为主题的荷包豆腐获得"最佳养生菜"称号，得以参加中国首届榨菜文化美食节。榨菜晚宴的菜品，多是以获奖作品和特级大厨以涪陵榨菜为铺垫制作的各种菜肴。印象极深的一道菜，叫"蒙牛过江"。将卤牛肉切片，卷入茼蒿，再配上用小米辣、酱油、榨菜碎和蒜末等制成的料汁，蘸而食之。卤牛肉的厚实，注入茼蒿的灵秀，无论是造型，还是口感，都让人耳目一新。

附近曾开过一家饺子店，名曰"冠军饺子"。看墙上简介，大意是此连锁店最早的店主，在一项美食比赛中获得了冠军，而茼蒿水饺便是获奖作品。有时候去得早，店里的小型饺子机正吐出一张张圆润的面皮。在粉嫩的肉馅里加入料酒、葱姜水以及盐等调料，店主再握住筷子，朝着一个方向使劲地搅拌上劲儿。最后，茼蒿碎进入，拌和，稳稳妥妥地成为面皮腹中的馅儿。女主人负责煮饺子，我很好奇，为何她用的是高压锅。每桌客人点的饺子，都要经历蒸汽冲撞阀门，嗞嗞一阵过后，经过降温开盖，才盛出给客人。有一回，盛给我的茼蒿饺子有一个只剩下半个。店主一边端给我，一边责备女主人，"每回煮饺子都该多备一个！"我食量本就不大，忙跟店主说没有关系。女主人默不作声，颇难为情。保质保量，是店主应有的经营态度。然而，人生值得在意的事情，并不在于一口半口的吃食，吃客也大可不必因此不快。也不知怎的，自那后没过多久，"冠军饺子"便易了主，我自此再也没吃过茼蒿水饺了。

前几年，社区推动田园城市项目，我们有幸在小区对面获得一块四十平方米的小菜地。挖地，播种，浇水，施肥，一屋"农盲"，勉强有些小收获。也是那时，我才知道，一年的早春时节，是茼蒿最香嫩的时候。最美的年纪，遇到最懂的人，人和食物的一生，才不会徒留遗憾。

如果买到超市里的长秆茼蒿，该如何处理呢？将顶端细嫩部分摘下来，或拌或蒸或炒，抑或烧汤煮面。那些长茎，则可单独切段，用少许盐腌一小会儿，配着腊肉或者培根，加些干辣椒爆炒，也别有风味。

至美孤行是竹笋

　　二十四节气中，雨水一过，天气回暖，绵绵春雨也要开始落了。

　　雨滴汇集在屋檐上，串成珠子，陆续砸进檐下一口大陶钵里。在半夜，被那滴答声敲醒，闭目聆听，却有一种裂帛之音，似从梦中传来。是春笋，在窗外冲破黑暗，在即将来临的光明里，激动地拔节。

清晨，爷爷并不急于拿起弯刀，继续一个新背篓的编制。三步两步走到竹林，叭叭地掰回一竹篓带着湿气的笋子。点燃一日里最早的一卷旱烟后，爷爷将烟斗含在嘴里，在迷蒙的烟圈下，将大半笋子剥去外壳。奶奶顺势将它们放到已经沸腾的锅里，汆水后捞起，以保证笋子嫩度最佳。剩下小部分，则连壳一起埋进灶孔边上的热灰里。剥下的新鲜笋壳，扔到火里，因为含有水分，火焰的跳动并不积极。

烧水，放米，沥米，再倒回干净锅里，往边缘淋点水，小火焖熟。一顿蹓锅饭的工夫，从灰堆里掏出春笋，剥开外衣，滚烫的鲜气，便在鼻间蹿动。趁热，蘸上褐色酱油，白嫩的笋子在嘴里，脆嫩且甘甜。一口接一口，像是把春天抛出的信物捧在胸口，对季节做出慎重的回应。另一个炒菜锅里，奶奶用爆油的腊肉，翻炒刚刚汆过的笋片，冬与春的起承转合，滋润而曼妙。

爷爷并未读过林洪的《山家清供》，但他煨笋的做法，与里面所讲的"傍林鲜"同理。以最快的速度、最简单的做法，将笋子天然的鲜美和魅惑发挥到极致。

笋的鲜，真可算蔬中之最。"从来至美之物，皆利于孤行"，笋子如是。油焖笋，无须动物的油脂做铺垫，吃在嘴里，也能生出丰腴的口感。把香葱、花椒剁成泥，调上盐和芝麻油，浇在汆水后的笋子上，翠绿的汁液渗入其中，鲜脆里带着麻香。椒麻笋，似乎是画者，对于如何绘制一幅春景图，已成竹在胸。

春笋的破土而出，对应着冬笋被大地覆盖的藏匿。挖冬笋，需要一定经验。比如楠竹，先要找到孕竹。孕竹的枝丫浓绿，竹叶长、细、尖，最底下因出笋消耗营养，会略带几片金黄。孕竹，也有大小年之分。一年孕育，一年歇息。大年竹，枝叶繁盛，远观像鸡毛掸子；小年竹，叶子稀疏，如脱毛鸡。脱毛鸡下蛋往往较多，而竹子是营养摄取丰富者，出笋率高。找到孕竹，并不等于就能精准挖到竹笋，还要根据竹的朝向来决定挖掘的位置。最笨的方法，是将一整块土壤全部挖开，成功率较高，但也最累。

冬笋，以牛角状弯曲者为佳。毛茸茸，粗犷的外壳里，包裹着娇嫩的小妖精。冬笋的吃法，与春笋类似。汆水后的冬笋，与金华火腿或者咸肉，加百叶结，慢慢煨煮成的"腌笃鲜"，是我一个朋友对于浙江魂牵梦绕的怀念。

武夷山风光旖旎，小竹子撑起大天地。方竹，让人打破了对竹子"圆"形的固有印象。前年到武夷山停留三天，几乎每顿正餐都有笋子。酸菜炒笋、鸭肉烧笋、清炒笋片，我尝到了笋的百味。在回成都之前，找到附近一家菜市场，买了几根上好的牛角冬笋，和一些样子奇特的珊瑚菌。一个认真的吃客，往往有将好食材装入行囊的勇气，并以此为趣。

一年四季，皆有笋出，只是味以春笋和冬笋最胜。在天全县，海拔1000米以下，有三月笋应春。在海拔1500米以上的山区，还会长出秋笋，也称"七月笋"，食用时间可至国庆之后。深山密林，打笋的人往往结伴而行。每采回笋子，即烧开水煮笋，谓之"杀青"。而后在最短时间内，以保证笋子的最佳口感为前提，将它们背出去售卖，便能获得不错的收益。只是竹林深幽，采笋时若不做好标记，很容易迷路。

以臭为美，由臭生香，是"腐"的另一张面孔。臭豆腐、臭酸笋，尽管手触之后，留下去不掉的余臭，但味觉上的异香，会让人上瘾。就像我离开南方好几年后，偶尔想起桂林米粉时，还会满口生津。

我曾常在住处旁的巷子里吃桂林米粉。有一日，我正沉浸于桂林米粉里笋子的酸爽、辣酱的刚烈，以及几粒花生米的酥脆，突感心神不宁，在潜意识下换了个位置。谁知不到两分钟时间，那上方的吊顶连同一块砖头哐当掉落。回过神后，我恍然想起头夜的梦里有逝去的爷爷，不禁热泪滚滚。

尽管我们对笋有特殊的偏爱，但孩子们往往敬而远之。一则是笋子的粗纤维并不适合那些娇嫩的肠胃，二则是倘若听到大人们在怒气中说要来一盘"笋子炒肉"，他们都害怕"屁股开花"。

弯弯绕绕肥肠香

　　猪下水，有红白之分，红下水指心、肝、腰、肺、脾，白下水则是肚和肠。

　　想一次吃全猪下水，恐怕要等杀年猪，吃刨汤肉。"嗷嗷"的叫声在山沟回荡，潮湿的院坝，不断移动的水鞋，一锅旱烟在屠夫嘴里，亮出忙碌的时光。幼时，我还不懂得品尝食物的滋味，但夕阳从枇杷树的缝隙溜下来，又散落在猪宴的席桌上，我得到了一个色彩冲击的黄昏，和一座打破沉寂的村庄。

屠夫将热乎乎的鲜大肠大致去除异物后，便交给主人进一步清洗、烹饪。将治净的肥肠切段，加入泡椒、生姜、蒸肉米粉等调料拌匀，再入锅大火蒸熟。拌好的生肥肠若一次蒸不完，可入坛密封保存。米粉在坛内慢慢发酵，逐渐生出酸香，就成了酸榨肥肠。它酸辣、软糯、厚重，能吃出古老的温柔，还有严厉。

肥肠为猪身污秽运行排泄之道，是最慈悲的器官。既要忍受食物消化后的脏臭，又必须在白酒、白醋、面粉的混合揉搓之下，逼出曾经浸染的异味。弯弯绕绕的肥肠，总是被动地接受外界赋予它的使命，并以特殊的弹韧，满足人类舌尖的快感。

在张家界，有一位经营餐厅的朋友，她烹制的肥肠锅深得食客喜爱。她每天从市场买回鲜肥肠，就连清洗亦不假手于人。即使大雪纷飞，双手冻得通红，骨节在水中生出痛感。清洗肥肠是一件脏手的细致活儿，加上肥肠还需翻转，撕去多余的油脂，相当耗时，有洁癖或怕麻烦者，往往避之不及。肥肠锅，分汤锅和干锅两种。干锅滋味浓郁，佐酒下饭皆宜。汤锅中的肥肠味道虽然被大量汤汁冲淡，但肥肠的弹润像还世界以热吻。锅底有酒精炉的火苗一直煨着，可随意下些豆腐青菜，肥肠越炖越软和，素菜越煮越入味。她常常在圈里分享食客反馈的好评，以及提前约定的单子，绝不是出于炫耀，而是被人认可，于她有心灵的宽慰和回应。人与人之间，因努力和用心而得到积极的回应，是激励，也是温暖。

对于食物的异味，我较为敏感。除了常规步骤清洗肥肠外，还要加生姜、白酒、八角、桂皮等卤煮一遍，再热拌，或加干辣椒、花椒和姜葱蒜煸炒。每回到一位老友家串门，她都特意叮嘱，千万不要买礼物，实在想拿，就做点肥肠和馒头。她说，我做的肥肠已经脱离了俗气，与馒头同样有与众不同的香气。这也并不是说我的厨艺有多好，而是我们对食物的感觉有相通之处。

有人觉得羊肉不膻便不香，有人认为肥肠无异味则味同嚼蜡。有一年，村主任到家里吃刨汤肉，奶奶将肥肠处理得干干净净，村主任走到厨房，用眼一瞟，便说肥肠洗得太干净，不好吃哦。第二年，村主任再来，他自己动手，粗略洗了两遍，就让奶奶下锅烧煮。那一回，一大盘肥肠，没人敢动筷子，只有村主任喝着小酒，不断夸赞"这才够味"。他对肥肠的特殊爱好虽不被我们所理解，但也许他才是对那一段柔肠最为怜惜的人。

以肥肠为菜，常上不了大宴席，"九转大肠"除外。九转大肠是山东名菜，其名有说是从古代"九炼金丹"得来，又说是因为大肠要经过九次套弄，才得以成型。生大肠经过清洗、翻转套弄，加料煨煮后切段，经过油炸，再用葱姜、料酒、糖色、米醋、白糖红烧，后用花椒粉、胡椒粉、砂仁粉等料调味。其味咸甜酸麻，且微辣，口感相当丰富，算是烹制肥肠的极致。

有一种血肠，大概是将凝固的鲜猪血加玉米粉等料灌进小肠，然后煮制或烟熏，风味独特。可惜这两样我都没有尝过。但我试过用肥肠装入调味后的糯米，做成糯米肠，那种弹牙里裹着的香糯，远比单纯的糯

米饭赶口。

据说温江有家餐厅，光肥肠做法就有十多种，可称得上肥肠宴。干煸肥肠和粉蒸肥肠自然不在话下，尤其那一锅白水肥肠，以光洁的身躯颤悠悠地抱住筷子，接着滚入浓郁的蘸碟，在食客心中烙下原始又深刻的印记。

又闻槐花香

  在修盘山公路前，每年春夏之交，从凤栖苑到家门口的公路两旁，穿过由洋槐架起的密林，时常幻想自己是一只行走的精灵。串串槐花白中带绿，喷出的浓香偶尔被一阵大风送来，自鼻腔直灌胸口，人似瞬间失去意识，连呼吸都要停顿两秒。

嗅觉总能唤醒记忆。在我们生命中来过又走掉的故人，会选择性地出现在由槐花织起的露天银幕上，活灵活现地演绎他的角色。

夜里，花香依然隐约浮动。坡上，拾荒老人自己用一块块红砖垒成的房子里，亮起了灯火，仿佛是这微弱之光，点燃了天地之间一盏大熏香，又像黑夜之下，大地散发的体香，深拥着我，令我惊奇又迷醉。如同季羡林先生的《槐花》里，描写印度友人看到槐花时，瞪大的眼睛扩张到了面孔以外，觉得那是奇迹。

槐花的花期一般十天半月，对于养蜂人来说，为了得到香醇的槐花蜜，常常由南往北，风餐露宿，不断迁徙。槐花扬动，蜜蜂的口器跟生产线的工人一般忙碌。陈年蜂箱不时张开期待的大口，让那些潮湿的企盼，被轻易地挤出汁液来。

修路，砍树，路上的槐林也成了往事。幸好，家门口的洋槐，至今还能在小婶婶的镜头里晃动微醺的笑意。不知何时，这棵槐树在山边生根发芽，长成一棵瘦弱而干黄的小树。我们恰巧依山修宅，不忍将其砍掉，它就成了门前的风景。

据说，植物也有情感，当它知道即将被砍伐时，会瑟瑟发抖。我不知真假，但我相信，有许多植物，跟人类一样，害怕孤独。人气的滋养，同大地的哺育同等重要。小槐树在与我们的朝夕相伴中，一天天地高大油亮起来。每年四五月，花团锦簇，阵阵幽香自楼下飘入我的卧室，常常如浪涛，把我的肢体从睡梦中拍醒。

偶有至亲上山，父亲会去摘一些槐花回来，认真筛选，冲洗，沥水，再调盐和五香粉，裹上面粉蒸熟。蒸后的槐花被一层薄衣轻裹，似曼妙的躯体在白纱里若隐若现，让人遐想；又似襁褓里的婴孩，惹人爱怜。父亲在辣椒油里放上蒜泥拌和，做成蘸汁。老姨父夹一筷子蒸槐花，往蘸汁一浸，嘴眼一张一闭，食到了槐花之味，啧啧的称赞就从心底发出来。这就是他们从前常吃的槐花馓馓。在那树皮草根都吃尽的灾荒之年，有一顿槐花馓馓，过的就是神仙日子。有的地方称之为槐花麦饭。

母亲也跟着吃上一口，说外公更喜欢甜口槐花，用蜂蜜或白糖拌食。我总记得，折一手好灵房的外公喜欢吃花，喝茉莉花茶，也爱种花，比如牡丹、兰花和栀子，直到他去世十多年后，舅舅都不忍心将它们丢弃。那些花朵或香甜，或绚烂，在外公的心头和舌尖萦绕。

饭后，客人各自打牌娱乐，在厨房收拾停当的父亲才歇下来，泡一杯茶，坐在槐树下的藤椅上，享受少有的闲暇。茶是清茶，就着头顶的花香，他一细品，仿佛把槐花喝进腹中，眉眼处慢慢舒展，嘴角微微上扬。严肃的父亲，多像一朵在温水里泡开了的野菊花。

槐花可以吃，并不稀奇。父亲除了用槐花煎鸡蛋、摊面饼，还爱用槐花做饺子。挑上好的腿肉，肥三瘦七，细细剁之，调花椒葱姜水，加些盐，朝着一个方向细细搅拌，再放槐花，淋些香油，充分拌匀。轻盈纯净的槐花，让饺子这种随手一捏成形的粗犷食物，生出雅致。吃在嘴里，混沌的心绪也明朗起来。虽然家人都不是做饺子的好手，但这些由自己爬上树摘下串串槐花做成的饺子，年年相见，不厌其烦。

父亲走后的又一个五月，母亲拖着伤感的身子，在触手可及的地方摘了一些槐花，做成饺子。那天晚上，大家围坐在一起，母亲轻轻咬了一口槐花饺，似自言自语地说，这回怎么做得又酸又涩。我和弟弟哽咽了，每个人的碗里都剩下很多饺子。红着眼睛，向厨房望去，在洗碗的母亲，正偷偷抹着眼泪。

我再没吃过槐花饺，甚至怕吃，就连看到槐树都会触景生情。这么多年过去，对于父亲的离去，还是难以释怀，我分不清究竟是爱得太深，还是不够勇敢。

每个人都有自己的槐花情结，可能是阴影处，突然照入的高光，把日子点亮；也可能是色彩亮丽的油画，被复印出一张黑白的照片。

桃花流水鲫鱼肥

一株桃花，大胆地在河边绽放，是对流水的慷慨。每到这时，父亲总会拿着鱼竿，在那里坐一下午。把思绪连同鱼饵沉下去，浮漂游动，会成功钓到一些鲫鱼。最为鲜美肥嫩的鱼儿，从春天的桃花水里蹿出来，也称"桃花鱼"。

父亲闲时对研究厨艺颇有兴趣，对桃花鲫鱼他有好几种做法。将鱼治净后，用少许油煎至两面金黄，烹点黄酒，放块拍破的生姜，再注水，加入白萝卜丝或豆腐，中大火熬至汤色奶白。趁还清淡，先盛出一半。再放些泡姜和泡萝卜入锅熬煮，汤汁变得微酸醒胃。一汤两味，各取所喜。

豆瓣鲫鱼，父亲也很拿手。豆瓣鱼的前期处理，约有两种方法。一是烧制前以宽油炸之，二是码味之前，用余水来达到去腥的目的。父亲多选择余水，保持鱼的鲜嫩和本味。锅内烧能没住鱼身的水，水开后，用手提住鱼尾，将鱼身放入锅中余两三秒至鱼皮发紧，立即提出。再往鱼身上均匀抹黄酒，放盐、葱段和姜丝码味十分钟。接着热锅温油，炒香豆瓣和姜蒜末，往锅内倒入清水或高汤，调入白糖、胡椒粉、酱油、香醋煮开。小心将鱼放入，用中火烧，视鱼腹部烧熟后，将锅偏到鱼背肉厚之处烧至熟透。一面烧好后翻另一面，再将鱼盛入盘中。锅里的汤汁，调入香醋和水淀粉，烧至亮色时关火。父亲将芡汁均匀浇在鱼身，我总是在旁边，帮他撒上葱花，凑近嗅一阵香气，再端上桌子。

有人说，鲫鱼以清蒸最美。但父亲一直不爱。自他生病，换我下厨，要用清淡饮食照顾他，他才不得已改了口味。有一回，也是桃花时节，我在蒸好的鲫鱼旁边摆上几瓣桃花，用以点缀，想用春天的灵气，让他开心。谁知父亲只看一眼，眼泪就在眼眶里打转，说话也开始哽咽。他说他等不到下一个春天与桃花鱼邂逅的机会了。我转过身，泪雨滂沱。

藿香鲫鱼，也用豆瓣起味，另外加入泡姜、泡椒和泡菜，特殊的酸香与醋味结合，还透着一丝藿香的味道，口感层层叠叠，余味无穷。前些年，钟姐在转转会带我吃的藿香大鲫鱼，可谓这些年来我尝过的最佳口味。因鲫鱼够大，少了许多密密麻麻的细刺总在舌尖纠缠的烦恼。

说起来，大人小孩怕吃小鲫鱼，是担心刺卡喉咙。如果将它在热油中小火浸炸至鱼骨酥脆之后再行烹饪，就完全可以避免。炸酥的鲫鱼晾凉后，鱼身直挺，鱼鳍一掰即碎，四川话叫作炸 qiáo 了。用辣椒油、酱油、五香粉等料调成酱汁淋上去，便成了五香酥鲫鱼。要食清淡，则用黄豆酱和姜蒜一起焖烧，刺酥肉软，酱香浓郁。还可以炒香大蒜、泡姜和泡椒，加少量汁水和酱油，一点醪糟略烧，细刺与肉融为一体，酸辣入味。

炎炎夏日，却是小鲫鱼的春天。人们尤其喜欢用一盘凉拌鲫鱼来提振倦怠的食欲。把鲫鱼刮洗干净，在加了葱姜料酒的沸水锅里汆熟，或者蒸熟，再用辣椒油、酱油、盐、糖和醋调味，加上切碎的折耳根、香菜、小米辣、姜末、蒜末和葱花，做成味汁，铺淋在鲫鱼身上。鲫鱼并不因冷而腥，各种味道浸入肌理，妙不可言。

袁枚在《随园食单》里谈道，"身形扁且带白色之鲫鱼，肉嫩且松；做熟了把鱼一提，鱼肉离骨而下。黑脊背身形浑圆，肉块僵硬，是鲫鱼中的怪种，绝不可食。"安陆人将鲫鱼称为"喜头鱼"，由于河流较多，市场上野生的不少，多有袁枚描述的佳品。烧喜头鱼，最佳搭档是当地的白花菜。关于白花菜的命名，有多种传说。其中一种，跟李白同一位叫"白花"的女子之间那动人的爱情故事有关。白花菜生吃味怪，但做成腌菜后，风味独特。婆婆尤其擅长腌白花菜，甚至比当地知名品牌还要胜上一筹。煎好的喜头鱼，加姜蒜与腌白花菜略烧，酸香诱人，鲜美异常。煎鱼，要耐住性子，热油入锅后，小火慢煎，一面煎好，再煎另一面，不可随意拨动，避免鱼皮破裂。婆婆会烧鱼，小姑会吃

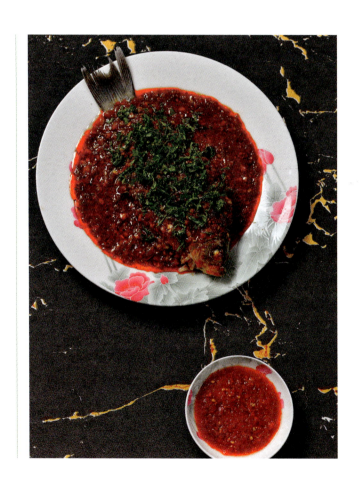

鱼，一块鱼肉入嘴，舌头立即将小刺卷到一边，轻松理出来。一盘鱼肉吃完，她吃过的鱼骨架完好摆在盘中，如同化石。

稻花鱼又叫"禾花鱼"，生长在水稻田里，多为鲫鱼、鲤鱼和草鱼，以杂草、虫子以及稻花为食。我们曾因在稻田里抓到许多鲫鱼而欢喜。有位云南的阿姨用它们做了家乡的八面煎鱼。鲫鱼去腮，剖肚洗净，并不刮鳞，用盐、酱油、八角腌十余分钟，然后同样小火浸炸至酥，再加汤，放辣椒、花椒等作料，焖烧一阵过后，外酥里嫩，滋味浓郁。我们吃完满满一大盘，她喜上眉梢。她说这不仅是对她的肯定，也是对家乡的赞誉。八面煎鱼，虽多用鲤鱼，但经此借用，我们尝到了鲫鱼新颖的味道。如果说墨守成规能让事物保持稳定性，那么巧妙的变通，会给人生增添许多惊喜。

人间『苍桑』

　　还未揭开锅盖，随蒸汽氤氲的香甜就刺激着神经——是玉米馍馍。

　　在玉米棒子上掘出一条小路，用大拇指结合大鱼际的力量，一排排搣下玉米粒，是夏季常有的事。又将它们在机器中搅打成泥，略加面粉以助定型，调些白糖和匀，用刚采的大桑叶一裹，便可放上笼屉。离土地越近的桑叶，越肥厚阔大，颜色深绿，叶面也比浅嫩的光滑油亮。玉米馍馍蒸熟，莹黄的表面嵌了浅绿，还散发出一股清香。

　　从前见大人做玉米馍馍，多用桐叶。桐叶大而厚实，包玉米糊能做到层层叠叠。如今多年不见桐子树，于荒郊野地采得一些桑叶，已属万幸。况且，读到《南方主要有毒植物》，说桐叶有小毒，使我对桑叶和桐叶的食用价值有认知上的颠覆。

　　几年前的初夏，和上海的朋友到农庄用餐，她开口就问老板有没有新鲜桑叶。我很诧异：蚕吃的东西人能吃吗？上菜后，那扑了薄薄淀粉糊的油炸桑叶，以清脆敲打着我；还有用辣椒油、蒜泥和酱油凉拌的余水桑叶以清嫩灌淋着我。我却如同受到情感欺骗，突然惊醒后生出一丝苦楚。

幼年时，没人告诉我桑叶有疏风散热、补血益肝等功效，而秋之桑叶，尤其经霜过后，可作茶饮，还被古人称作"神仙叶"。大人说，那只能是蚕吃的食物。不单如此，连桑葚也被告知是忌食的。

每当桑葚缀满枝头，挑动着我的味觉神经，刚想要靠近，耳边就会响起一个声音：

"吃不得哟，要毒死人咯！"

"吃了桑泡儿一嘴乌，那就是中毒了！"

赶紧缩回手来，一天天地，眼睁睁看它们由红变紫，由重到轻，最后形容枯槁地坠落一地，又被一群蚂蚁挪走。实在忍不住想探个究竟，就快速地将红的紫的各摘一粒，用二指一捏，汁液果真如血红呈青紫，立即如手榴弹般扔得老远。

我们将桑葚叫作"桑泡儿"，或许因它表面似无数莹亮的泡泡集合而成。类似的还有蛇泡儿、蒿秧泡儿、刺泡儿等等。

前些年，父亲的酒罐习惯浸泡几斤从药店买回来的干桑葚，据售卖的人说，可以滋阴补肾。失重的桑葚慢慢在高度白酒中还原重力，又仿佛倾尽了毕生心血。当冬天的斜阳落进阳台，屋内映出团团暖意，罐内浓重的紫黑色通透舒展，多出一缕隐秘的殷红。

在殷商时期的甲骨文中，就出现了"桑""蚕""丝""帛"等字形。传说，是嫘祖发明了养蚕缫丝。一木一木又一木，三生万物，桑树所以苍苍，如帛如丝缠绕华夏文明数千年。

　　四川简称"蜀"，"蜀"字也出现于商代的甲骨文中，与蚕和桑有密不可分的关系。汉代思想家扬雄的《蜀王本纪》中记载"蜀王之先，名蚕丛……"。蚕丛氏"劝农桑，创石棺"，他带领子民植桑养蚕，以农桑治国，其缫丝业对蜀地影响深远，后来人们经过世代改良和发展，使"蜀锦"成为中国四大名锦之一。《华阳国志》说"蜀侯蚕丛，其目纵，始称王"。一个人的眼睛像螃蟹一样外突，本是不可思议的事情，然而近年来三星堆出土的不少文物，都与古书上描述的蚕丛的样貌相似，让人不由得对古树和古人更添敬畏之心。

20世纪80年代，村里仍然有人养蚕。

我好奇地跟在养蚕的慧姨身后，当她轻轻推开木门，像打开了扩音喇叭，四周响彻着成百上千只蚕一起啃食桑叶的嘶嘶声。阴凉干爽的屋内置有多层木架，木架上放着簸箕，桑叶均匀铺在簸箕上，肉肉的蚕附于桑叶之上，一边蠕动，一边噬咬，场面蔚为壮观。她说，蚕极娇气，怕虫咬，怕蚊叮，桑叶也不得沾水和不洁之物。喂蚕之前，她会将手用井水彻底洗净。

胃口好的蚕，长得更快，一周下来，体型有明显变化。每只蚕都会经历几段暂停进食的休眠期，每次休眠过后，头部和身体因蜕皮而明显增大，食量自然也就大了。眼见刚刚撒上的桑叶，马上被它们啃出锯齿般的小孔，再咬成不规则的大洞，最后只剩下光秃秃的叶脉和骨架。快临盆的慧姨，不是在采桑的路上，就是在挑粪途中。

有一天，她在田边突然羊水破裂，慌忙挑着粪桶，双腿像夹着箩筐似的往回赶。家里那道门槛，被她晨跨晚踩如履平地，这回竟挡在面前，如横亘的大山，一条腿抬不了半寸，孩子就落地了。幸而，隔壁的那些蚕已粗如小指，择取了某个位置，闭口凝神，密密地吐出细丝，慢慢将自己缠绕，结成了厚厚的蚕茧。她在床上喂奶的月子期间，才没有如坐针毡。

孟子有一种理想："五亩之宅，树之以桑，五十者可以衣帛矣。"

在五亩大的住宅场地种上桑树，到五十就可以穿上丝绸了。人们用理想和勤劳，推动了社会的发展，使生活得以改变。

那个除了白天坐着吃饭，晚上躺着睡觉，其余时间都在拼命劳作的慧姨，后来跟闯荡大军进了城，靠蹬一辆三轮车，起早贪黑，售卖水果，以此买房购车，要让儿子过上城里人的生活。某个凌晨，她的三轮车与货车迎面相撞，车上的水果四处翻滚，她精瘦的身子匍匐在血泊之中，像一只拼命吐丝，却没来得及蜕变成飞蛾的蚕。

蚕，柔软无骨，触之有令人心颤的寒凉。蚕丝经过织染，成为丝绸。当丝绸制成一件衣服穿在人的身上，总会在光影下透出峭拔和孤傲的清冷，像炎炎夏日，那风中拂动着的泛着莹润绿意的一丛丛人间"苍桑"。

胡豆年年香

　　在学《孔乙己》时，老师正在台上讲关于茴香豆那个段落。我的同桌就悄悄跟我说，他不知道写法，但晓得吃法。我对新鲜事物一直很好奇，便问他茴香豆到底是什么豆。奶奶是浙江人的他，说那就是四川人叫的胡豆。

胡豆，学名蚕豆。李时珍说："豆荚状如老蚕，故名。"嫩鲜胡豆，剥壳取豆，用油炒香老盐菜和姜蒜米，放入胡豆，加少许水和酱油焖煮，熟后收汁亮油，撒一把青椒圈下去，合炒断生，调入鸡精，这是婶婶开的农家乐中非常受欢迎的春菜。胡豆的细嫩，老盐菜的咸香，青椒的鲜辣，被一碗白米饭衬得销魂入骨。

也有地方吃炒蚕豆，要撕去表皮，露出更为翠绿的色泽。太过娇嫩者，我以为经过烹饪之后，并无嚼头。而老皮胡豆，另当别论，厚重又垫牙，还要舌尖与筷子齐用，将皮从嘴里理出来。

川东农村人吃胡豆，多将摘采的鲜嫩胡豆剥壳过后，用油盐炒香，淋少许水，把夹生的沥米饭放上去焖熟，做成一锅胡豆饭。火力和油脂，将胡豆皮独特的香气逼出来，浸入米粒，咸香软面。吃胡豆饭，往往只需一点坛里的豆瓣，或者泡菜，就能消灭一大锅。

许多苍蝇馆子，为庶民吃食，除了重油盐和味精，还有质朴的味道。折耳根拌胡豆，样子毛毛躁躁，却十分开胃解腻。折耳根叶像大地的耳朵，在聆听胡豆那些曾经蜂蝶缠绕的旧闻。胡豆还未在拌料里完全浸入油盐，折耳根的耳朵却越来越软，不经意就把自己的内心吐露出来，让蚕豆也染上了一丝泥里的腥香。

胡豆可抵抗零下四度的寒冷，却并不耐暑，天气太热时，茎和叶就会由绿转黑，真如被火烧过一般。趁蚕豆还嫩时，可将其煮熟放凉后装袋冷冻保存，随吃随取。没有冰箱的年代，吃不完的胡豆只有晒干。胡豆皮一点一点吸纳金色的阳光，直到表皮变为青黄。也有绿色的干蚕豆，那多半质地较嫩，像血气方刚的我行我素者，很难被外界所改变。

干胡豆，乒乒乓乓地落进大铁锅，像铺天盖地的冰雹。小火，不断干炒，直到它变成黄褐色，略有黑斑，气味蹿到鼻子里，是一种熟透的豆香。牙口好的，可直接取一些当零食。就像我的外婆，年满六十时还能吃干胡豆，在嘴里嚼得嘎嘣直响。她牙口虽好，心脏却很脆弱，不久之后，心衰而去。

趁热淋下一瓢清水，锅里热烙的干胡豆，被突如其来的浪涛一激，欢快地冒出泡泡。此时，可乘机调盐、花椒面、辣椒面、姜、蒜、酱油，加盖焖上半小时。待干瘪的胡豆渐渐吸饱汤汁，逐渐鼓胀，内里沙软，收汁时加点香菜，滴点醋，激胡豆就做成了。也有人做激胡豆，是将刚炒好的干胡豆直接投入兑好作料的汁水里，加盖浸泡两小时，但如此温柔地一激，是否真的能将其泡透，我未曾试过。

在暑天的村居里，围着四方木桌，炒一盘激胡豆，再配一碗浓却不稠，表面浮着一层晶莹油皮的白稀饭，吃胡豆之咸香，饮稀饭之甘甜，让"飘"着的人，"沾沾地气"。又或在夜里的大排档，同几个好友，共酌几杯薄酒，把绵密的愁绪同胡豆一起吞下，回家倒头酣睡，醒来之后，一切重新开始。吃激胡豆，既能尝出嫩干胡豆的少不更事，不耐品味，也能领悟老胡豆在风雨历练中留下的哲思，以及绵长的沙软和沉稳。

将干胡豆油炸，再用盐调味，带壳的盐味酥胡豆，曾是非常流行的小零食。去壳者，用沙子炒酥后，调和花椒粉、辣椒油、盐和味精等料，将白糖用水熬化成浆，为酥胡豆挂一层糖霜，可做成怪味胡豆。

如今，胡豆瓣不再是下饭菜，而是作料。用生出霉灰的荫胡豆瓣，加上剁鲜红椒、盐、花椒等料，做成一坛胡豆瓣，恐怕要好几年才能吃完。老家的坛子里，还有父亲做了八年的胡豆瓣，每回揭开盖子，岁月的陈香就扑面而来。

大仲马不但是法国闻名的作家，也是厨艺家，在《大仲马美食词典》一书中，呈现了他对美食的研究。法国人吃胡豆，与我们有些不同。黄油胡豆，是将鲜嫩的小胡豆，不剥皮，直接在沸水中汆一下，然后入冷水过凉后，放进乳酪面粉糊。微微焦黄的面粉糊，拌了盐、胡椒粉、香薄荷和切细的欧芹。再加入肉汤、糖、一撮黄油拌面粉。下锅前倒入一杯黄油，煮沸后，裹上蛋黄，则成。这应算是胡豆做法中比较繁复的一种。

我身边有很多作家和诗人精于烹饪、乐于烹饪，他们都是生活中的有心人，在把美味分享给家人和朋友的同时，也在柴米油盐中，找到这世间最宝贵的人情味。

难
舍
大
头
蒜

在七月，点了一盘回锅肉。肉片经豆瓣、豆豉、甜面酱的渲染翻滚成酱红色，厨师将半碟茎壮叶宽色黄的蒜苗扔进锅中，我立即有了悔意。生不逢时会让经典搭配产生令人遗憾的嫌隙。这些蒜苗纤维老化，口感粗粝，会与牙齿形成顽强对抗，让人难以下咽。

潜意识里，青蒜苗能让萧索冷寂的冬天回温。拨开霜雪，它娇嫩的叶片如剑坯尚未定型，闪现冷峻却并不让人胆寒的微光。挂面在锅中滚开的井水里浮沉，用一勺面汤融化面碗里的猪油和食盐，切碎的青蒜苗就穿梭在麦香和回甜之中，开启了春的序曲。

开春后，家里绽放的第一朵花，是蒜花。蒜花非切碎的蒜叶，而是切取蒜茎，用缝衣针将一端均匀挑成细丝，注入清水浸泡。蒜茎在水中翻转蜷曲，像朵朵盛开的金丝菊。吃蒜花，如赏花，并不囫囵拌作一团，每双筷子只取一朵，蘸上用辣椒油、酱油、醋和盐调和的汁水，领略其味后，再夹第二朵。

酿蒜苗也要用到缝衣针，这种在生活里日渐消失的尖锐之物，能在饮食上另有巧用，也算某种安慰。蒜茎被针尖从中间划剖成条，两头仍然相连，用双手各捏一头，往中间一推，便留出了填充肉馅的缝隙。肉馅经黄酒、姜葱、盐和胡椒粉腌匀入味，被满满塞入时，蒜茎便成了一个个小鼓。热锅烧油，油热后将酿蒜苗稍煎，再烹入少量水，加少许酱油略焖，使肉馅至熟。蒜与肉从未如此亲密无间，食后竟如满足了某种刹那间产生过的奢望。一个愿意做酿蒜苗的人，即使没有能化腐朽为神奇的双手，也一定少不了十足的耐性和求新求变的热肠。

大蒜在泥土中珠胎暗结，逐渐显出"孕味"，茎部也开始抽薹，蒜薹根根耸立，如擎天之柱。嫩蒜薹以决然果敢的折裂之声，轻易拿下细嫩粉红的肉丝，还有被烟火之气锁住陈香的棕红腊肉。

二三月间，邻居竞相做手撕蒜薹，可谓各显神通，各有秘诀。余水后在清水中快速过凉的蒜薹，用手撕，用针剖，再整齐均匀地成束盘在碟中，宛若青蛇。随即淋入凉拌料汁，或放几勺剁辣椒酱，拌匀即食。

"兄弟七八个，围着柱子坐"，说的是蒜头。乡下的屋檐，除了串串玉米棒之外，还挂大蒜头。无论是从泡菜坛中捞出的水润咸蒜头，还是在老盐菜缸里摸到的颜色有些泛红的腌大蒜……它们都咸辣张扬，带一丝回甜，给我这个软弱的人以硬性的支撑和指引。数十年里，大蒜之味仿佛渗入血液，无法与我的生活彻底决裂。

当年我怀孕时，大姑说吃了辣椒娃儿湿热重，二姑又说吃了酱油娃儿皮肤黑……这些说法虽毫无科学依据，却令我害怕有所闪失，唯有选择舍弃。将从前的调味料一减再减，最终除了油盐，只剩下大蒜。再也不能妥协了，我将大蒜视为最后的饮食乐趣，即使被告知吃了大蒜后娃儿有腋臭的风险。

前阵子，在陕西一个小镇，面前的羊肉泡馍让我有些无所适从。主人的好客如同斗大的海碗上所覆盖的宽大肉片。泡馍入口弹韧，粉条爽滑，只是这样的分量，光看一眼，就给胃部塞下了一成饱食感。幸而随配一碟腌糖蒜，甜脆微辣，它们嘎嘣嘎嘣在耳道里掀动了消食之音。

腌糖蒜，可能预示着大蒜兄弟要做分家的准备。"大家一分手，衣服会扯破"。糖蒜的最终目标是把甜蜜纳入腹中，中途却要埋入苦涩的盐粒，蹚进刺激的醋酸。有的新鲜大蒜要在清水中浸泡几日，经盐腌后充分清洗，晒上两天，再入糖醋汁泡掉辛辣，像一些对温泉有特殊寄望的人群，认为硫黄水能够清除身心的病症。有的大蒜的经历又简单得多，一瓣瓣分开后，脱去外衣，直接跳进熬好后放凉的糖醋水里。如果浸泡的时间够足，若不是有极其敏锐的味觉细胞，难以区分两种做法的差别。

很多时候，我对某些人、事的回忆，源于吃过的一些菜。那曾是市

内一家生意火爆的连锁店，我和父亲拾级而上，如约坐在二楼的卡座。盘中是大蒜烧肚条，灰黑的色调衬托出整粒光滑的蒜头如散落的白贝，几根莴笋条好似粗陋的小桨，同相亲对象那贴着头皮略为卷曲的粗糙毛发一样令人印象深刻。我还没拿起筷子，他冷冷地说："我呢，是公务员，车子房子，一样没有。"已经抛开教书生涯的我，和父亲同时抿了一口淡茶，意会了言下之意：条件就这样，你们看着办嘛！那是顿让人索然无味的饭，整粒大蒜刚好熟透的软糯，却和芡汁一起糊在唇边，让人产生难以剥离的倦怠；过于浓烈的胡椒味，同他一样昭示着什么是居高临下。

后来，我在家烧大蒜肚条时，就想避免那种尴尬和压抑。改变烹饪手法，或许也可以改变一个人的心境。猪肚在预处理时就颇费心思，并不以过量的胡椒粉来强掩它的腥臊。生猪肚用盐、白醋和面粉仔细搓洗，入高压锅加高度白酒、姜葱和少许胡椒粉压熟，再切成条。配料也略加变化，除了姜葱蒜，另加红泡椒溢出酸香，或多或少也能在色调上增添一丝明媚。待各种配料烧熟后，勾一点薄芡，滴几滴香油，合而翻匀，这肚条便能在特殊的光照之下熠熠生辉了。

备受热捧的蒜蓉烤生蚝，其调味的灵魂是什么呢？我认为是金银蒜组合。湿重的蒜蓉被花生油炸到轻飘泛黄，大蒜素会生成另一种特殊的荤香，似从瓦砾中掘出的黄金，有生蒜不及的和气与贵气。金蒜结合生蒜，调上蒸鱼豉油和蚝油，纷繁的鲜香，让蒜蓉菜式在某些餐厅获得了无以复加的地位。

一头大蒜，有时秉持酱菜的独身主义，有时又发挥出整合其他调料的集体协作精神。离不开大蒜的每根舌头，都是蒜头中间那根坚挺的柱子，有如血缘关系牵引一般，终生难分难离。

平凡人家的豆腐

　　关于豆腐的产生和演变，是历史学家和美食家们饶有兴致的话题。几千年来，人类用智慧，赋予一粒黄豆无穷无尽的生命力。

　　豆腐是我生活里周周既定的现实，也是三十多年来在脑海里无数次复播的历史。

　　回溯我对豆腐的记忆，从奶奶手里的一粒种子开始，漫延到她在田埂地角，专注地往泥土播下黄豆，阳光在她弯着的腰身上发散出弧形的光芒。

冬天的石磨，要为成熟的黄豆转动两回。第一回，大约小雪过后。石磨在爷爷的手臂下不断旋转，在水里重新鼓涨的干黄豆，从奶奶的勺子里，敏捷地溜入磨孔。饱满的豆粒在千百万倍于它的力量压制下，以一副傲骨与一勺井水，最终汇成一股豆香满溢的涓涓细流。

乳白色的粗豆浆在深桶里颤动，又要被倒入灶堂里的摇架，完成粗渣和液体的完全分离。过滤豆渣的摇架，用长长的绳索系在高高的房梁上，两块十字架形木方叠放钉在一起，四端紧缚一大块方形棉纱布，粗犷且显笨拙，是乡里人做豆腐少不了的工具。透过亮瓦的金色光束，微尘轻轻地应和豆浆过滤的节奏，徘徊旋舞。摇架上的醇豆浆正随奶奶的手臂，上下左右，欢愉地往大盆里奔流。摇架历经几十年辗转，木质出现风化，那是被无数双手掌的温度冲击出的深色纹理。

豆浆加上盐卤，开始了固体与液体的分离。在柴火的温和烘托下，一锅嫩豆花成形，奶奶总会先舀上几碗。在颤悠悠的豆花里，为我们加上甜蜜的白糖，或者开胃的油盐酱醋。剩下的豆花，则要倒入铺了棉纱布的豆腐箱里，加盖后压掉多余的水分，变成老豆腐。

这一次做老豆腐，多是为制作红豆腐提供原料。将豆腐切成小方块放在阴暗之处，铺上稻草，培育霉菌。当豆腐表皮泛黄，生出黏液，奶奶就开始制作豆腐乳，而不是依照传统，等豆腐生出白色的菌丝。她说这样的豆腐乳更柔和。黄稠滑溜的豆腐，先在刚烈的高度白酒中，褪掉身上的浮尘和细菌，让粮食转化后的芳香，果敢地钻进密实的腹地。再均匀地穿一层用盐、五香粉、花椒粉和辣椒粉、姜末制成的华丽外衣。这才有机会被一片烫软的青菜叶，谨慎地包裹，整齐地码进一个深坛，密封起来。

无数个日月轮回之后，各种调料均匀地渗入豆腐内部。曾经稍显粗糙的老豆腐，也在清冷的光阴浸染中，凝结出更加细腻的质地。一块麻辣娇俏的豆腐乳，在嘴里散发着柔滑的豆香，这一天，缸里的米定要比平常多费一些。

农历年前两天，石磨会被爷爷第二次推动。屋舍的扬尘，一一清理，窗明几净，让这次为过年菜而准备的推豆腐，有了节日的仪式感。

奶奶将豆腐切厚片，用少许油煎到微黄，掺入少许清水，放上蒜末，以小火微炖，再放上一把小白菜叶和蒜苗。浓烈的豆香，只在一味盐的调剂下，与菜叶的清香完美结合，形成肉的质感，满足我们饥饿的胃囊。倘若奶奶用煎好的豆腐与爆香的五花肉片、姜蒜末、香菇、辣椒、豆豉同烧，那一定会成为一盘抢手菜。

将豆腐切成方形大块，油炸成豆腐泡儿，再去地里砍一棵已经抱头的成熟大白菜同炖。炖后的豆腐泡儿外酥内软，吸足了大白菜的清甜，成为过年时众多油腻大菜之外的解腻又回甘的一碗素汤菜。

豆渣又岂能丢弃？将它在热锅里炕干水分，加油盐、泡辣椒碎和蒜末炒香，起锅前撒一把葱花。带着香辣和沙软口感的炒豆渣，也是一道绝佳的下饭菜。

大概有二十多年没吃过奶奶亲制的豆腐。我对于一块豆腐的执念，寄托于菜场里一家女主人开的豆腐摊。她五官精致，身材消瘦，与送货的身材发福的丈夫同行，就像丰满的豆腐和干瘦的豆腐干摆一起。据说，她每日凌晨起身，一直忙碌到早上七八点，才能在市场里掀开棉纱，均匀分割好热气腾腾的豆腐块，开始一天的买卖。倘若哪天豆腐迟迟未上，很多顾客也会耐心等待，三三两两站在旁边闲聊，以打发时间。人们用时间验证的，正是她家豆腐浓郁的豆香和实惠的价格。

我买回豆腐，多是跟老家对面的王表叔学做简易够味的白水豆腐蘸辣酱。也会分老嫩煮鱼汤或煎来吃。偶尔有闲，买回韭菜，泡一把虾米，将揉碎的豆腐配少许面粉，调味混合，炸成丸子,蘸点椒盐或者辣椒油碟而食。

这世间，有太多人没有过惊天动地的往事，那些走失的岁月，也不过似豆腐块一般，零零碎碎地拼凑成平淡的一生。而麻婆豆腐，被一个平凡的市井中人，赋予了它川菜中并不平凡的荣誉。

　　那日，我与友人去了一家麻婆豆腐老店，准备体验来之不易的与众不同。舀起一勺刚刚端来的麻婆豆腐送至期待的舌尖，分明感到它缺少了应有的鲜活和酥嫩，婉约的麻辣也未能给人留下鲜明爽直的印象。更使人惆怅的，是排在点菜排行榜前三的夫妻肺片。那碗料汁过于慷慨的注水方式，让一盘原本就没有辣椒油香辣灵魂的凉菜，更添淡薄。况且主原料经过冷冻，丧失了鲜味，再经厨师豪迈的刀功，瞬间让川菜中另一道鼎鼎有名的菜肴，变成一盘索然无味的陈菜。很多时候，我们未必能尝出一个厨师过人的手艺和那些繁复的烹制流程，但一家好的食店，应有对好菜的敬畏和诚意。

　　或许，很多美好的事物，仅存于缥缈的想象，或者成为星光闪动般的记忆。会做豆腐的奶奶长眠于凤凰山，推豆腐的爷爷在遥远的陈家沟永远安息。每当一杯香醇的豆浆入口，我的心里就会下起一场雨，那两个同甘共苦，携手走过一生的人，被时间永远分隔在大雨的两头。当我欲将那些逝去的名字吞咽下去，却如一勺豆花入喉，滚烫又细腻地淌到心尖，每一寸神经，都滑动着幸福的疼痛。

　　附近的私营菜场经过数次装修，摊位费不断上涨，让卖豆腐无钱可赚，女主人只有弃之而去。从此，想要买到一块称心的豆腐，也成了奢望。

香椿酥饼

材料 香椿约 100 克、面粉约 250 克、白胡椒粉 1/2 茶匙、盐适量、植物油适量。

做法
1. 200 克面粉加 110 毫升温水，将面揉成光滑的面团，用湿布盖起来，静置 20 分钟。
2. 50 克面粉入碗，在锅里烧熟 80 毫升植物油，趁高温淋在面粉里，边淋边搅拌均匀。
3. 再调入白胡椒粉和适量盐，充分拌匀，成油酥。
4. 香椿洗净切细，加适量盐拌匀，腌 5 分钟。
5. 面板上撒点面粉，将面团分成 6 份，擀成薄片。
6. 均匀涂上油酥后，再均匀铺上香椿。
7. 将面皮卷起来，盘成圈，用擀面杖轻轻压成薄饼。
8. 平底锅倒适量油，将饼坯放入，用小火慢煎至两面金黄酥脆。

备注 煎饼时，用小火，慢慢煎，才能熟透。

葱香猪蹄

材料 猪前蹄 2 只约 900 克、圆红葱头 5 个、生姜 1 块、高度白酒 1 汤匙、白醋 1 汤匙、白胡椒粉 1/2 茶匙、八角 1 粒、桂皮 1 块、花椒 10 粒、酱油 3 汤匙、白糖 1 茶匙、花生油 3 汤匙、香菜 3 根、熟白芝麻适量、盐适量。

做法

1. 将猪蹄去残毛后，在温水中刮洗干净，再用清水漂洗干净。

2. 猪蹄斩块入冷水锅，调入白酒和白醋，煮开 2 分钟后，在流水下再次刮洗干净。

3. 将生姜和红葱头切厚片。

4. 汤锅里放猪蹄，加水没过猪蹄，放八角、花椒、桂皮、姜片、白胡椒粉，加盖小火煮 40 分钟。

5. 红葱头入碗，将花生油烧滚后马上淋入，做成葱油。

6. 再调盐、酱油、白糖拌匀，成葱油汁。

7. 猪蹄捞出后，放葱油汁、白芝麻和香菜段，拌匀即可。

备注 夏季制作时，可将煮好的猪蹄过凉水，以使猪蹄皮弹肉香。

香香鱼

材料 花鲢肉约250克（其他鱼也可）、大葱1根、生姜1大块、大蒜3瓣、红辣椒2根、白胡椒粉1/2茶匙、黄酒1汤匙、白糖1茶匙、酱油3汤匙、花生油5汤匙、盐适量、干淀粉适量。

做法

1. 红辣椒切圈；姜一半剁碎，一半切片；大葱白切圈，葱叶切段；大蒜切片。

2. 鱼洗净切厚片，放黄酒、姜末、大葱叶、白胡椒粉和少许盐充分抓匀，腌10分钟。

3. 将大葱白、红辣椒、蒜片、姜片、白糖入大碗，调3汤匙酱油，加10汤匙清水浸10分钟，成味汁。

4. 将每片鱼均匀沾上一层干淀粉，多余的粉轻轻抖掉。

5. 平底锅烧热倒油，油热后放入鱼片，煎到两面表皮发脆，皮微黄。

6. 将味汁淋入锅中，转大火翻匀，或掂锅推匀，至汁稠时，关火即可。

备注 如果想品尝香脆的口感，步骤3只加5汤匙左右的清水。

红烧带鱼

材料　带鱼段约400克、大葱半根、香葱3根、生姜1大块、大蒜6粒、八角1粒、高度白酒或者黄酒1汤匙、白胡椒粉1/2茶匙、酱油2汤匙、香醋1汤匙、白糖1汤匙（平）、花生油6汤匙、干淀粉适量、盐适量。

做法
1. 姜一半切丝，一半切片；香葱切段；大葱切小节；大蒜切粗粒。
2. 带鱼去掉黑膜，洗净后把水擦干，切成小段。
3. 放姜丝、香葱段、白酒、白胡椒粉充分抓匀，腌1小时。
4. 将每一块带鱼都沾上一层干淀粉。
5. 平底锅烧热倒油，油温后，放带鱼中小火煎到两面金黄后夹出。
6. 锅里留2汤匙底油，炒香姜片、蒜粒、大葱节、八角。
7. 放入带鱼，调入酱油、醋、白糖、10汤匙开水，烧开，加盖小火焖10分钟。
8. 尝味放盐，将锅里的汁水收浓稠或收全干，即可。

备注　带鱼腥味重，宜先用姜葱、料酒和胡椒粉腌一下，再烹制。

鲜椒鲈鱼

材料 鲈鱼 1 条约 500 克、长青椒 4 个、大蒜 4 瓣、生姜 1 块、香葱 4 根、蛋清 1/2 个、黄酒 1 汤匙、白胡椒粉 1/3 茶匙、干淀粉 1/2 汤匙、蒸鱼豉油 3 汤匙、盐适量。

做法
1. 姜切丝、大蒜剁末、青椒剁碎；香葱白切段，葱绿切成葱花。
2. 去掉鲈鱼的黑膜及肚里的污物，冲洗干净，片成鱼片。
3. 鱼片在流水下冲洗掉血水，沥干。
4. 鱼片入大碗，放适量白胡椒粉、盐、黄酒、姜丝和葱白充分抓匀到鱼片滑滑的为止。
5. 加入蛋清抓匀后，再放入干淀粉抓匀，腌 10 分钟。
6. 炒锅烧热倒油，油温后倒辣椒，加适量盐炒到变翠绿后，放蒜末炒香盛出。
7. 煮锅烧开水，先放鱼骨、鱼头煮开，再放鱼片，煮断生。
8. 鱼片捞入大碗，均匀淋上蒸鱼豉油，再放上炒好的辣椒和葱花，拌食即可。

备注 炒辣椒时放点底盐，辣椒更好吃，颜色更好看。

藿香鲫鱼

材料 大鲫鱼 1 条约 500 克、新鲜藿香半把、香葱 5 根、泡辣椒 3 个、泡生姜 1 大块、泡青菜茎 1 块、大蒜 3 瓣、生姜 1 小块、郫县豆瓣 2 汤匙、酱油 2 汤匙、黄酒 1/2 汤匙、香醋 1 汤匙、白糖 1/2 汤匙、干淀粉 1/3 汤匙、菜油 4 汤匙、盐适量。

做法
1. 将生姜斩泥与香葱绿放入碗中，加黄酒、3 汤匙清水、适量盐，用力搓成姜葱汁。

2. 在处理好的鲫鱼背部划一字刀，用姜葱汁均匀抹遍内外，腌 10 分钟。

3. 豆瓣、泡辣椒剁细；葱白、泡姜、大蒜切末；泡青菜茎切细粒。

4. 取碗，调入白糖、香醋、酱油搅匀至糖融化，再调入干淀粉和 6 汤匙清水，充分搅匀。

5. 蒸锅烧开水，在蒸鱼盘上垫上汤匙，将鱼放上，加盖小火蒸 8 分钟，关火焖 1 分钟。

6. 炒锅烧油，油温后放豆瓣和泡椒炒香出红油，再放葱白、蒜末、泡椒和泡青菜茎炒香。

7. 将步骤 4 的汁再次搅匀，倒入锅中，转中小火，停 3 秒后，充分炒匀，芡汁亮色后关火。

8. 取鱼另外装盘，将炒好的汁均匀淋在鱼身，撒上切碎的藿香，即可。

备注 蒸鱼时，鱼身底下垫几把勺子，能让鱼肉受热更加均匀。

番茄水煮鱼

材料 鱼片约500克、番茄2个约400克、香葱5根、生姜1大块、大蒜6粒、白芝麻1汤匙、番茄酱3汤匙、蛋清1个、黄酒1汤匙、干淀粉1汤匙、白胡椒粉1/3茶匙、鸡粉1茶匙、花生油5汤匙、盐适量。

做法
1. 姜切丝；蒜剁末；葱白切段、葱绿切葱花；番茄去皮后，切成块。
2. 鱼片里加蛋清、黄酒、一半姜丝、一半葱白、白胡椒粉、干淀粉和适量盐充分抓匀，腌10分钟。
3. 炒锅烧热，放2汤匙油，油温后，小火炒香剩下的葱白、姜丝、1/3的大蒜末。
4. 调番茄酱炒香后，放番茄块炒出少许红汁。
5. 往锅里放600毫升清水，大火煮开后，调适量盐，中小火煮到番茄熟透。
6. 将番茄捞在大碗底部，锅里汤汁复开时，调入鸡粉，下鱼片，中火煮断生。
7. 锅中所有食材盛入大碗，放剩下的大蒜末、葱花和白芝麻。
8. 净锅烧3汤匙油，油冒青烟后，趁滚烫淋在作料上。

备注 如果是整条活鱼，在番茄汤开后，要放鱼头先一起熬煮。

酿豆腐

材料 嫩豆腐 1 块、五花肉约 100 克、红葱头 2 个（小）、香葱白 3 根、白胡椒粉 1 茶匙、酱油（或生抽）1 汤匙、花生油 1 汤匙、黄酒 1/2 汤匙、干淀粉适量、盐适量。

做法

1. 五花肉去皮，剁成肉末；红葱头和葱白剁末。

2. 肉末里放黄酒、1/2 汤匙干淀粉、一半香葱末和适量盐，充分拌上劲。

3. 豆腐切厚片，用茶匙尾端在豆腐中间划两条深口（不要划穿）。

4. 用茶匙将划过口的豆腐小心挖掉，并抹一层干淀粉。

5. 将肉馅填入豆腐洞里，并将表面抹平。

6. 取碗，调 1 汤匙酱油、6 汤匙清水、1 茶匙干淀粉和少许盐，拌匀成芡汁。

7. 平底锅烧热，放花生油推匀，油温后，先将豆腐有肉的一面小火煎制。

8. 煎黄后，用平勺和筷子辅助，小心翻过来，煎另一面至黄，均匀撒上白胡椒粉。

9. 在锅中有油处均匀放红葱头末和另一半葱白末，煎出香气。

10. 芡汁搅匀后从酿豆腐上均匀淋入，待其浓稠后关火。

11. 酿豆腐装深盘，将锅中浓汁从酿豆腐上均匀淋下，即可。

备注 豆腐洞抹一层淀粉，再填入肉馅，可防止肉熟后与豆腐分离。

香辣老豆腐

材料 老豆腐 1 块、五花肉约 100 克、大蒜 4 粒、生姜 1 块、青蒜苗 2 根、鲜红小米辣 5 瓣、八角 1 粒、香叶 3 片、桂皮 1 小块、黄酒 1/3 汤匙、老抽 1 汤匙、蚝油 1 汤匙、酱油 2 汤匙、菜油 3 汤匙、盐适量。

做法
1. 豆腐切方片，五花肉切薄片；姜蒜切片；青蒜苗切段；小米辣切粒。
2. 电高压锅放豆腐、八角、香叶、桂皮、老抽，放刚没过食材的水，按"蹄筋"键压好。
3. 炒锅里放油，油热后放五花肉，调黄酒，小火煎到出油。
4. 放姜蒜炒香后，往锅里注入 300 毫升清水，放豆腐。
5. 调入酱油和蚝油炒匀，大火烧开后，转小火烧制。
6. 待汁水剩下少半时，调盐后翻匀，放大蒜、小米辣、青蒜苗略烧。
7. 盛入烧热的砂锅或石锅，也可大火收汁装盘，即成。

备注 豆腐经高压锅压制后，会出蜂窝眼，口感更弹韧。

泡椒肚条

材料 猪肚1个、大蒜12瓣、香葱1把、泡椒8根、生姜1块、高度白酒2汤匙、白醋3汤匙、面粉2汤匙、酱油1汤匙、胡椒粉1/2茶匙、菜油3汤匙、花椒几粒、盐适量。

做法

1. 猪肚加面粉、2汤匙白醋，里外搓洗，再用清水冲洗干净。

2. 煮锅放清水，放猪肚、1汤匙白酒和1汤匙白醋，水开后，汆烫1分钟，捞出再次刮洗。

3. 高压锅放水，放猪肚、胡椒粉、2根香葱、几粒花椒、1汤匙白酒，压熟后取出。

4. 泡椒切段；香葱切段；姜切丝；猪肚切成粗条。

5. 炒锅烧热放油，油热后，放大蒜两面煎黄，再放泡椒和姜丝炒香。

6. 放肚条，调酱油和适量盐，炒匀入味后，放葱段，淋锅边醋炒匀，即可。

备注 清洗猪肚时，用面粉和白醋揉搓，能洗得更干净。

肥肠血旺

材料 熟肥肠约100克、鸭血1盒、莲藕1小节、香芹2棵、香菜2棵、蒜苗3根、大蒜7瓣、生姜1块、刀口辣椒2汤匙、酱油1汤匙、鸡精1茶匙、五香粉1/2茶匙、菜油8汤匙、绍酒（黄酒1汤匙）、白胡椒粉1/3茶匙、盐适量。

做法
1. 肥肠切段；藕去皮切片；香芹和蒜苗切段；大蒜和生姜切末。
2. 炒锅放 2 汤匙菜油烧热，下藕和香芹炒断生后，放蒜苗，调适量盐炒断生盛入大碗。
3. 净锅烧热后，放 3 汤匙菜油，油热后，放姜末和多半蒜末炒香。
4. 往锅里注入 500 毫升清水（鲜汤）烧开。
5. 放入肥肠和鸭血，调五香粉、白胡椒粉、酱油、黄酒和适量盐，中小火煮 5 分钟后，调入鸡精。
6. 锅中食材入大碗，上面撒上刀口辣椒和剩下的蒜末。
7. 另起净锅烧 3 汤匙菜油，待冒青烟时，趁滚烫从作料上淋下，撒上香菜碎，即可。

备注 若是生肥肠，清洗及制熟可参照泡椒猪肚的做法。

豉香花菜

材料　花菜约 300 克、五花肉约 50 克、豆豉 2 汤匙、生姜 1 小块、大蒜 4 瓣、花生油 3 汤匙、酱油 1 汤匙、蚝油 1 汤匙、黄酒 1 茶匙、干辣椒适量、盐适量。

做法

1. 花菜冲洗干净后，拆成小朵，放在加了盐的清水里，泡 10 分钟后再用清水冲洗干净。
2. 五花肉切薄片；干辣椒切粗丝；姜和蒜切片。
3. 炒锅烧热，放花生油，油热后放五花肉煸出油，放黄酒炒散酒味。
4. 放干辣椒炒香后，放姜蒜片和豆豉炒香。
5. 调入酱油炝香后，放花菜炒匀，加盖子小火焖断生。
6. 调入蚝油和适量盐，中火翻炒至熟。

夏

卷

四 季 有 味

端午的粽子

　　昨夜入睡，窗外下起雨来。闭目之处，满是雨丝与一棵树、一根草纠缠的画面。又仿佛看到一场雨在多年前，如何掀动屋舍那些艾蒿绿中泛白的面纱，如何轻拍不久前栽好的秧苗，如何冲淡农民割麦时渗出汗水的苦咸。猛然发现，端午就要到了。

我的家乡地处山沟，端午节并不吃粽子，但家家门上挂艾叶菖蒲，是一直延续下来的习俗。还要用新麦磨成的面粉，在端午这一天炸麻花、做包子。包子多为盐菜腊肉馅，麻花有咸甜两种。据说粽子是为屈原而吃，而吃包子和麻花，明显有纪念先人和犒劳辛苦的双重意义。

搬到镇上后，端午开始吃粽子。端午前的冷场天，我会跟着母亲到河边的芦苇丛采粽叶。一阵河风袭来，苇叶摇曳，沙沙作响，像隐约听到屈原的歌哭。我渐渐感到包粽子的严肃性。

母亲采购的糯米量很大，不单因为过节，还将它变成了生意。那时，街坊和乡里人包粽子的不多，到了当场日，一大盆粽子，不用半日，全部售罄。

乡场上的粽子，简单纯朴，馅儿多是家中具备之物，有咸、甜和白味三种。泡过后沥水的糯米，取一部分拌上红糖，将几片粽叶叠加交错，折成深窝，装少许红糖糯米，放上红枣，填满糯米，把粽叶顺势严实地包起来，再用棉线扎紧，即成甜味粽。咸味粽，则是取部分糯米，调入食盐和泡涨的红豆，包入几粒腊肉或腊肠。白味最简单，用粽叶裹好糯米就行。我帮着煮粽子，母亲怕我"急火攻粽"，时时提醒我，煮粽子火不能太大，一旦粽子开裂，就只能煮成一锅糯米粥了。

这些年的端午节，逢一大家人团聚时，么妈包的粽子就会多如小山。几个长辈先剥开白味粽，蘸上白糖，往嘴里一送，嘴角也跟着沾上了糖粒和幸福。我先食了肉粽，再吃白味，只觉甜腻，对他们生出的满足感十分好奇。

晚餐时，我索性先剥开白味粽，白嫩的肉团似的东西，接触到粽叶的部分，染了一点青绿。蘸白糖而食，粽叶的清香入鼻，糯米与白糖的甜蜜交织，久久不散。原来，吃最简单的白味粽，能吃到食材的本味，像触摸到泥土里长出的圣洁灵魂。

现在，除了工作需要，已鲜有人包粽子。他们大多习惯通过手机视频欣赏摘粽叶的野趣、包粽子的虔诚，以局外人的身份，看别人如何营造端午节的仪式感。要吃粽子，就去超市买或网购，在琳琅满目的品牌和口味里，挑选自己心仪的。

嘉兴粽子，扬名已久。汉唐以来，嘉兴发展成为中国历史上最主要的稻作区，被誉为"天下粮仓"，其糯米就有诸如白壳、乌簑、鸡脚、虾须、蟹爪等三十几个品种。嘉兴还有优质的生猪和鸡蛋之类农副产品，为当地花色粽的诞生创造了有利条件。嘉兴制粽历史悠久，明朝崇祯《嘉兴县志》云："五日为端阳节，祀先收药草，食角黍。"角黍就是粽子。嘉兴粽有豆沙、咸蛋黄等口味，以糯而不烂、肥而不腻、肉嫩味香、咸甜适中的肉粽最为有名。

如今，各地文化互相浸润，彼此取长补短。粽子的包法和口味，渐无太鲜明的特色。我吃过最豪华的粽子，是在广州一家老牌酒楼，拳头大的粽子里，竟然裹着鲍鱼、海参、干贝、火腿等物，俨然是粽子中的佛跳墙。每食一口，都能感受到一个专注的厨师奉献的殷勤。

去年，收到朋友从广西寄来的粽子，颠覆了我对粽子的认知。一种粽子，个头大如脸盘，每剥开一个，需要好几人分而食之。糯米混合着鸡肉的咸香，中间的去皮绿豆在口腔不断翻涌阵阵沙软。如此大的粽子，用苇叶和箬叶无法包裹，唯冬叶才能胜任。另一种，是长条棍状的灰水粽。灰水粽所用碱水，多取植物燃烧的柴灰浸水后过滤所得。黄澄澄的粽肉，饱满晶莹，因无任何调味，单吃略带苦涩，宜蘸黄糖、果酱，或浇糖浆而食。

民间认为，端午一到，五毒横行。当年预产期还未到时，我不情愿孩子在那天出生。果然，阴差阳错地，他的生日就提前到了五月初四。从庆祝儿子的生，到纪念屈原的死，是欢喜和凝重的转换。人的意念，很神奇也很神秘，凡事多往好的方向去想，终归不是坏事。

君子的声音

诗人杜甫在夔州时，于堂前整理出一畦菜地，并撒下了莴笋种子。怎奈二十多天仍未发芽，而旁边的野苋菜却郁郁青青，于是写下《种莴苣》一诗，抒发对自身命运以及"邪"与"正"较量的感慨。

人往往触景生情，将现下遭遇与过往对照，再做自我剖析，得出某种感悟，最终达成自我和解，完成灵魂的升华。倘若那些种子顺利地生出苗来，再经打窝移栽，浇水施肥，不久之后便蓬勃如小森林，他可能就不会对莴笋生出如此感触。事情的非常态发展，更能引起警觉和沉思，所以我们常常能记得某个深刻的教训。

从杜甫在诗中提到莴笋的遭遇中，突然惊觉应该将莴笋从众多蔬菜中抽离出来。它笔直坚挺，如穿着铠甲护卫纯净的肉身。它散发出清苦之气，在夏季都能免受虫子的侵扰。每一棵莴笋都是慎独的君子。

三十年前，我从一棵莴笋顶端的嫩处轻掰，它的皮肉结合处会溢出乳汁般的白浆，中间是翠色的湖面，像凝聚无数隐忍的泪水。我才知道，它的外皮必须如堤坝一样牢固结实，才能防止"泪水"在某个时刻汹涌而出。

在不使用外力的条件下，盐会催化莴笋的水性特质，当它被切成片或擦成丝时，稍经盐分刺激，骨架就会逐渐松软。像一根根青虫，毛孔渗出绿色的血液，由一撮盐将小小的湖泊汇集成海。

刚捡到的笋壳正在灶孔里烧掉浅色的绒毛，当它无意间发出笑声时，锅里翻炒的腊肉片正吱吱地嘶吼。夏季的腊肉被空气抽走了水分，油脂高度浓缩，以至于每一声叫唤都像患了喉疾。突然，又爆出一阵猛烈的炸响，干瘪的腊肉开始鼓胀起来，加持了自身的厚度。每个川东的庄稼人，应该都吃到过腊肉炒莴笋那种陈香又清脆的混合之味。要说每家有何不同，便是有没有加一点干辣椒或者青椒另行调味。

熟透的莴笋甘滑，如君子般温润如玉，由于煨炖时间较长，舌尖一抵就能融化。我在孝感一个村宴上吃到过的莴笋炖鸡，与粤式炖汤的方

式截然不同。一只鸡彻底清洗之后，一经斩块便不再碰水，继而在油锅里加白酒爆香，放姜葱和清水一起小火煨炖。起锅前二十分钟左右，加入莴笋块和盐煮至熟透。相对于硬寡的白莴笋，用脆爽的青莴笋更加合适。莴笋块一旦入锅，便是在荒岛种上了秀色，鸡汁慢慢渗透进去，它更是莹如翡翠。

干锅莴笋片也有相似的口感。将五花肉煎出油脂，略为焦黄，淋入黄酒，再加大量姜蒜爆香，注入肉汤或清水烧开，再下入莴笋片，调上盐和鸡精，小火烧煮。有多大的胸怀就能承受多不寻常的人生。是超过平常三倍厚度的片状，让莴笋经酒精灯的轻柔灼烧，入口能咀嚼出丰厚的回忆。

在时间的磨砺中，我们尝试让凉拌莴笋得到某种改变。像伐木工人一样将它从地上砍倒，剥开厚厚的外皮，刮掉如血管般的硬质纤维，又手持刨片器，把自己变成木匠，让它平躺，均匀且用力地刮削它的身躯。长长的莴笋片如刨花一样轻薄卷曲，悉数落入盘中，在上面淋入酱油，放上盐和鸡精，撒些干辣椒碎、花椒和蒜末，只等一勺滚烫的热油吐出仙气，快速点化它的生命。如丝带堆叠的莴笋片香脆、炝辣，清脆中透出颠覆审美疲劳的干烈。

我们敬畏每个生命，他们有各自的使命和角色；敬畏每块土地，它们能生长出不同的生命，质地、味道、气味，不因同一品种而全然复刻。普通的莴笋种子，如果落在川西高原的土壤中，最后会多长出一分迷人的奶香。你会联想到草原、羊群，也会联想到山坡和落日。

阳光赐予莴笋以生命，也是它的相对敌人。当莴笋失去外壳的保护，无论以粗条还是厚片的形式直接裸露于空气之中，最后都会大量脱水，只剩下微弱喘息的肉身和浓缩的甘甜。两根莴笋经过夏季半日的阳光暴晒，最终不过收获一把瘫软的莴笋干。这最终的精华和灵魂，能在口腔里发出惊人的脆响，只需用酱油、蒜泥、鸡精、盐、糖、辣椒油和花椒油随意一拌，满是吃海蜇般的脆爽口感。

吃火锅时常点的贡菜，同属莴笋属，脆度类似海蜇。它们同样经过去皮，剖条晾晒，最后身价得以暴涨。人们根据咀嚼它发出的声音，给它取了一个特别的名字，叫"响菜"。

每回面对一份贡菜和莴笋干，都不由正襟危坐，仿佛是要聆听君子的声音。

凉面

　　前脚跨进门槛，后脚还裹挟着大地滚烫的暑气，因看到桌上一碗凉面，如裤管生风，顿生凉意。20 世纪 80 年代末，我们的村里人，喜欢在夏天时将挂面煮熟，立即用冷水过凉，继而捞出，拌上油盐酱醋和蒜泥。刚才还觉五心烦热，食罢一碗过水凉面，便通体畅快。

　　时光再倒回到一千二百年前，杜甫也在某个炎夏，作诗《槐叶冷淘》"青青高槐叶，采掇付中厨。……经齿冷于雪，劝人投此珠。"冷淘，据后人考证，即是过水凉面。槐叶冷淘，取嫩槐树叶捣汁，以汁和面，切成细条，煮熟后过凉水，再用油盐拌食。如此看来，现今的菠菜面条、芹菜面条之类，在古人眼里，也不算稀奇。

到了宋朝，诗人王禹偁笔下又现《甘菊冷淘》，将做法和特点，描写得淋漓尽致。细细的面条，掺进了甘菊汁，"随刀落银镂，煮投寒泉盆。杂此青青色，芳草敌兰荪"。此用心程度，充满了对食物的敬畏。

而到元代，冷淘的花样更加丰富，还配有各种浇头。《云林堂饮食制度集》就介绍了多种冷淘制法，比如用鳜鱼、鲈鱼等等作为浇头。

反观现有的凉面，作为小吃也好，主食也罢，人们对它的钻研程度已不似往日。但转念一想，如今的凉面，并不过水，而是迎风，口感以弹牙筋道取胜，倘若掺杂了菜汁，难免会影响口感。

在成为凉面之前，选用棍状的鲜切面，煮断生，加植物油抖散，一人将面条挑得老高，一人用扇子上下左右狂扇，就像阵阵海风吹动它的长发。打开电风扇按钮，就更方便省力。若是面条太多，在大锅宽水中都不易熟透，先将面条蒸几分钟，再入开水锅稍微一煮。熟面条容易黏连成坨，不知哪位精明的厨师，采取以油分离之法，像为它穿了一层防黏衣，只要不被水性调料浸染，放置较长时间也不会变质，对口感的影响也甚微。

如此，我们既可以在餐厅享受一碗凉面带来的快意，又能在街头巷尾听到"凉面、凉粉"的呼唤。摊凉的面条，根根金黄饱满，垒成高山，每点食一碗，就抓取一些，从高山到土丘，再夷为平地，在酸、甜、麻、辣的调剂中，渐渐完成它的使命。

红油素凉面最为常见，看似轻描淡写，地位却举足轻重，在几天大鱼大肉，味觉生出油腻之后，食一碗素凉面，就有新鲜之感。盘旋萦绕的面条底下，垫有黄豆芽、黄瓜丝或者海带丝，顶上则是浓烈的蒜汁，重口味的调剂酱油、香醋、辣椒油、花椒粉、鸡精、味精和白糖，最后放点花生碎。嗍一口凉面，嘴边荡起一圈红浪，无论冬日还是酷暑，浪在心头的滋味，应季而生。将素凉面夹进白面锅盔，香脆与筋道交替往复，各种调味相互撞击，至少在我心中，它是必吃的街边小吃。

鸡丝凉面，仿如元代的花色冷淘。在素凉面的基础上，加上熟鸡肉丝。鸡肉，多用鸡胸，鸡胸肉厚，久煮易柴，吃在嘴里难免垫牙。这就需要在煮前略微处理。一手压在鸡胸上，另一手用刀将其横剖几层，再入加了葱姜料酒的锅里，稍微一煮，便可熟透。如此撕出来的鸡丝，还保有充足水分，嫩而不柴，绝不会拖一碗凉面的后腿。

凉面，也可弃辣。家有老人孩子，准备麻酱凉面。先用香葱和大葱熬一碗葱油，再将麻酱稀释，调酱油、盐等调料，浇于面上，拌而食之。白味凉面对于川人而言多少有些腻味，适当配些黄瓜丝，用其清香和脆嫩，化解麻酱的憨厚和浑浊。

如论偷懒，却又讨巧，要算白肉凉面。传统蒜泥白肉，盛放于斗大的盘子里，浇上厚重的蒜泥汁，在四周或旁边，盘一圈或放一团凉面，食完白肉，将凉面往味汁里一推，一拌，又变成了一道小吃。

未来，会有预见性，但更多的，是充满未知。谁承想，三十年前，我在黑灯瞎火的乡下，因吃一碗只加了油盐和蒜汁的过水凉面，喜不自禁。而今，城市的夜色璀璨迷离，还能在下班后吃到制作烦琐、口感繁复的朝鲜冷面。

据说，朝鲜冷面有平壤冷面和咸兴冷面之别。平壤冷面是加汤食用的"水冷面",而咸兴冷面是用辣椒酱做调料的"拌冷面"。我一直吃的应该是平壤冷面,酸甜中含有果香,冰凉爽口。大致做法是,将朝鲜面条(以荞麦面或小麦面加土豆淀粉加水制成)煮熟后,用水过凉入碗,放牛肉片、辣椒、煮鸡蛋、泡菜、梨或苹果片等作料,再用酱、醋、香油等调味,再浇上牛肉汤或泡菜汤等,还可调少量雪碧,增加风味。

过水凉面,已渐渐淡出视线。而朝鲜冷面,依然受人追捧,在一定程度上,唤起我们用心去感受古人对一碗过水凉面的极致追求。国有疆域划分,而美味,向来没有界限。

陌生的鳝鱼

　　惊蛰过后，焦虑便像休眠的虫豸苏醒过来，内心颇不宁静。拿着《虞初新志》在院内踱步，正读着《鳝救婢》一文，见李大妈端着圆盘脸，盛着深酒窝从门前路过。她斜插在麦田的影子，恍恍惚惚地将两个女人奇妙对接。

　　清代张潮编纂的这则故事发生在扬州。一家鳝鱼面店的女佣被大火灼伤，受困于河滨，半夜被曾经偷偷放生的鳝鱼治愈，此事感动了店主，他不但决定歇业，还将拆锅灶时发现的鳝鱼悉数放回河里。几百年后，李大妈有一天突然面瘫，家人抓到活鳝取鲜血涂抹在她眼皮之上，她奇迹般地痊愈了。这种被认为毫无科学根据的土方法，却与《本草纲目》中记录的关于鳝鱼血的用途不谋而合："口眼歪斜。用鳝鱼血加麝香少许，左歪涂右侧，右歪涂左侧，口眼复正后，将鳝血洗去。"

　　那晚夜半时分，雷声隆隆炸响，绽放的玉兰被惊掉不少花瓣，我悬着的心终于安定下来，似乎一直等着这鸣响。王禹偁的《春居杂兴》云："一夜春雷百蛰空，山家篱落起蛇虫。无端蚯蚓争头角，触破莓苔气似虹。"同样的冷软滑溜，蛇让人望而生畏，避而远之，而我们如此期待一条鳝鱼，从深幽的洞内梭出来，并不断繁衍，赐予我们无可代替的鲜嫩滑腴。或许，只有人类，才有这样复杂的心绪。

鳝鱼，又称"长鱼"，因色黄亦称黄鳝。在山野田间，鳝鱼洞与蛇洞经常相邻而设。李大妈的儿子春娃说，鳝鱼体表有黏液，洞口往往光滑湿润，而蛇洞就显得干燥粗糙。鳝鱼昼伏夜出，以蚯蚓和小虫为食，如果有小铁钩、竹夹子和鱼篓，提一兜蚯蚓作诱饵，再亮着手电筒，就可以去捕鳝鱼了。

江淮多鳝鱼，鲜鳝烹饪为当地一绝，还有技艺考究的"长鱼宴"，做法多达几十种。北宋张耒回忆家乡淮安的美味时，特别提及"长鱼美蟹"。《淮安府志》也记载："淮安长鱼，肉嫩性纯。"李大妈的祖上是淮安人，从小耳濡目染，做起鳝鱼来，当然驾轻就熟。

李大妈在"大烧马鞍桥"的基础上，结合四川地域特色自创了一道菜。你看她利索地将鳝鱼剔骨切段，顺势连续划出一字花刀。当猪肉片在锅里炒出油脂，大量葱姜蒜和红泡椒飞身入锅炝香之后，鳝段如伊瓜苏大瀑布冲进炫彩的锅中，又被开水烫掉多余的体液，像被严厉地训斥，收敛了狡诈。锅盖捂着冒泡的咸鲜香辣，是友情和爱情杂糅时，难以理出头绪的幸福。当开盖收汁之时，那些鳝段已经弯曲拱起，形如马鞍，像每段感情都瓜熟蒂落，急于飞奔而去，要赴一场灵魂的喜宴。

自从那几滴血如柔软的手术刀将李大妈的脸拉正之后，她和春娃决定对鳝鱼"放下屠刀"。而我，仍然在一盆鳝段粉丝里寻找更强烈的刺激，要"恶狠狠"地弥补久未尝鲜的遗憾。鳝段之于口腔的滑，带着一种理性，你能隐约感受到，它即使钻进醋坛子，也能保持本身的逻辑和条理；而红苔粉丝，是突然失控的倾盆大雨，所有的麻、辣、酸，都囫囵地溜进身体为它预留的缝隙，深沉而又世俗，像一个人在纠结和狂喜中挣扎。

我也曾寻迹淮扬风味，在附近的淮扬楼吃过一回淮扬鳝段，浓稠的芡汁呈莹亮的棕色，白色的蒜瓣若隐若现，如同一颗颗沾满巧克力的牙齿。鳝段两侧微微内扣，

俨然一副副剪好样子的皮鞋鞋面，只等与合适的鞋底精巧缝合。我的舌尖迎上去时与它严丝合缝，可厨师失手时抖下过多的盐分，让这种完美契合走了线。见它从神坛上被拉下来，我有种莫名的伤感。

去年在眉山，我与川湄老师在寻访三苏祠过后，又慢悠悠地走街串巷，感受文豪故里特有的气息。这些气息中，有从味觉上去追逐大众对于美食的认同感，也有私心地想要获得食与文两者结合的归属感。踱进一家以做鳝鱼为特色的餐馆，点了一盆眉州鳝丝，这是当地有名的江湖菜。我们对着一扇老掉牙的木门，在厚重的猪油和鸡油里，用筷子夹出的鳝丝裹满了荤香，肉质深处是酸菜的陈香和豆瓣的酱香。而沾上被热油激过的刀口辣椒那些鳝丝呢？还夹杂着椿芽碎、香菜碎和藿香碎，那样纷繁浓郁却又自然清新的香气，是口腔难以拒绝的奇幻之旅。

爱一样东西，你会想从多方面去了解它、掌握它，以便它能更好地满足你当下的需求。爱鳝鱼，你可能或多或少地听过它的特性和一些烹饪技巧。单说它表面的黏液在烹饪之前要不要去掉，都是可供争论的话题。这时，我们又宁愿假装看客，不想对某些问题深究，以免除选择上的痛苦和烦恼。其实，无论如何烹饪，一定要将它彻底烧熟，远离寄生虫对身体的侵袭。在情绪低落时，我会用景颇鬼鸡的做法，来拌煮好后切细的鳝丝。景颇族人在祭祀之后，将乌鸡肉撕下，用缅芫荽、青柠檬或小野橘、小米辣、姜蒜末和食盐拌食，所有食材天然契合，食后如沐春风，人仿佛得到新生。

有时候，新生是陌生的代名词。村上刘姨在乘凉时看到钱家小兄弟，打着电筒去捉鳝鱼，只为自己赚学费时，她想到从她肚子里掉下来的那块肉，成年后还不务正业，每天沉浸在网络游戏里理所当然地"啃老"，令她不可思议地对自己感到陌生。也是前不久吃火锅时，始终没人去碰我点的那份鳝鱼，让我突然生出懊恼的陌生。过后又才想起，这些年媒体披露过关于鳝鱼的一些新的喂养方法。

我们最终失去了大自然的馈赠——那些自然生长的鳝鱼，失去了人与自然、人与人之间的尊重和怜惜。当膨胀的欲望冲昏头脑，内心就像被过度砍伐的荒山，曾经繁复多彩的生命力，随着覆土层一起被冲进低谷的浊流，只剩一些抱残守缺的石头，只剩一点荒凉和虚无。我们也失去了追寻那些自然生长的鳝鱼的冲动和勇气，不知这是人类的悲哀，还是鳝鱼的幸运。

苦瓜

　　苦瓜原出自南番，后在闽、广都有种植。苦瓜表皮细齿如癞，也称"癞瓜"，有些地方称之为"凉瓜"。清代王孟英的《随息居饮食谱》说"青则……涤热，明目，清心。熟则……养血滋肝，润脾补肾"。

　　我自小爱吃苦瓜，我妈说我很能"吃苦"。这么多年来，我自觉跟"吃苦"还能沾边。"吃苦"也是可以锻炼出来的，我堂妹少时挑食，二叔为了改掉她的习惯，逢暑假时，天天用苦瓜做菜，青椒苦瓜、苦瓜炒蛋、凉拌苦瓜、苦瓜炒肉轮番上阵。没多久，堂妹习惯"吃苦"，也爱"吃苦"了。

川东地区的苦瓜，外观多呈珍珠疙瘩状，色偏白，水分少，苦味重，但香气浓。如果切成厚片，炒时又柴又苦，碰上长老几天，其接瓢部分更难以咬动。我以为它最适合切成薄片，配上大蒜、香葱和微辣的青椒同炒，以显其香。

母亲炒苦瓜，不是将苦瓜片直接入油锅爆炒，而是先切成极薄的片，用盐抓匀腌一阵子，再将它和青椒一同放入净锅中干烙（特别怕苦者，可先挤掉苦瓜腌出来的水分），待锅里苦水烤干，将苦瓜盛出，或推至锅沿，再倒油烧热，煎香葱白，爆香蒜片，入苦瓜一起合炒至熟。这样炒苦瓜，油不能太少，起锅前放小撮白糖，味道更佳。婆婆自从吃了我按此法炒的苦瓜，不但再不嫌苦，还主动将苦瓜买回家。想必是真的觉得好吃。

像我这种爱苦的人，能生食苦瓜。最原始的吃法，属于捣苦瓜，那是奶奶的拿手菜。幼时，我和弟弟常坐在饭桌前，看奶奶将苦瓜切成透光的薄片，放入捣蒜器，再放大蒜、青椒片和食盐。随着她手臂上下挥动，苦瓜慢慢呈现出翠绿的色泽，浓郁的蒜香和生辣椒的烈香同苦瓜的清苦相互呼应，又形成反差，吃着尤其清心提神。

香葱和苦瓜，也是很妙的搭配，川菜中有一道菜叫"葱油苦瓜"，就是将葱煎出香味后捞出，再放苦瓜翻炒，吃起来浑厚适口，苦中带有一丝柔香。熬了葱油炒苦瓜，再配上滑油的肉片，各种香味层层荡漾开来，妙趣横生。苦瓜与肉类结合，苦味减弱，而肉香丝毫不受影响，不仅不会浸染其苦，反而解腻适口。

南方的凉瓜，表皮较为光滑，水分多而色绿，尤其在炒过之后更为突出，相对来说苦味更轻。较流行切成大而稍厚的片，配上牛肉合炒。

凉瓜吸收了牛肉的荤香，牛肉借着凉瓜的寒凉，也灭掉不少火气。如果在里面放点豆豉，就变成了豉香苦瓜炒牛肉，若是再加点辣椒，口感更加特别。

前几年，看到过一种保持牛肉滑嫩的方法，说是要用啤酒泡。我实践多次，结果炒出来的牛肉汤多质老，其他调料完全无法浸入牛肉的肌理。后经多次尝试，才得出经验，在牛肉片里放入酱油、蚝油、黄酒、姜汁，朝一个方向充分抓匀，使其吸饱汁液，再加蛋清、淀粉和一点花生油继续抓上浆以锁住水分，待腌制一会儿，以温油滑散后盛出。这才是保持牛肉不老的稳妥方法。

由于南方天气湿热，很多家庭在大暑之际，会将排骨炖至将熟时，放上大块凉瓜一同煲煮，食后清凉去热。还有一道特色菜，叫"凉瓜酿肉"，是直接将苦瓜切圆筒或圆圈状，去瓤酿肉，蒸或煎食。苦瓜质厚，除吸饱水汽外，并未浸入其他味道，既寡又苦，我并不爱吃。

台湾有一种苦瓜吃法挺有意思。将苦瓜对剖去瓤，再对剖，用利刀片去装瓤的硬白皮部分，后把绿色的净肉片成大片，放在冰水里，入冰箱冷藏一小时，吃时将水沥掉，整齐地码放在有冰块的精致器皿上，搭配用花生碎、小米辣、芝麻油、好酱油所调成的味汁蘸食。苦瓜历经一番寒彻骨，上桌之后成了片片玉衣，苦味全无，口口生香。

也有一些人觉得青苦瓜难以下咽，但他们可能会在水果摊购买一种叫"癞葡萄"的水果。那些苦瓜原本白色的瓜瓤，被时光抚慰成妖娆的红色，变得滋味甘甜。有人给它取了个很形象也很动听的名字，叫"红姑娘"。真可谓苦尽甘来。

掠过寂寞的皮蛋

大多时候，人都是寂寞的。从热肠滚落到人间，鸭蛋也寂寞。

在乡场某个僻静的角落，河风卷着冷舌，屡次试探那双被泥巴雕塑的大手。淡漠的鸭蛋钻进他手里，沾满调和了石灰和谷壳的泥巴。鸭蛋不知道，有一种化学反应能让它片刻间变得微热。青绿的鸭蛋持续在手里滚动，寂寞的人伸长手臂时，就有了越来越多包好的鸭蛋。当人们取走那些鸭蛋后，他躬着弯弓一样的腰杆拾掇器具，像生命的曲终人散，最后寂寞地归零。

这是在很多乡镇都能看到的手艺人，他做的是皮蛋。

同许多菜一样，皮蛋也来自传说中的偶然事件。有说它源于鸭子将蛋生在炉灰之中，卖茶的主人清扫时惊喜所得；也有说是松花江边一对养鸭夫妻，在石灰池里发现了被江水泡过的鸭蛋……总归，在特定因素的催化和时间酝酿之下，蛋白的性质，由液态变成了固态。所以，皮蛋最初叫作"变蛋"。形态和口感迥异，散发出冷冽的鲜味。变，是沉寂生活里的死水微澜。

鸡蛋也能制作皮蛋，但它外壳较薄，气孔也不均匀，蛋白凝固的范围较窄，远不如鸭蛋稳定性高，更加考验手艺。这门手艺，还包括精准拿捏诸如盐、茶叶、草木灰和生石灰等料的配比，以及对腌制时间的掌控。这门手艺，决定了一枚鸭蛋剥开粗陋的外衣后，呈现何种色泽以及纹理；决定了剖开它的内心，是坚实的团体，还是流散的败兵；也决定它是嘴里的细嫩香滑，还是余味里的麻口灼舌。

松花皮蛋的诞生，让做皮蛋成为一种生活的艺术。

《川菜志》中这样描述永川（今属重庆）松花皮蛋："创始于清道光年间。成熟的皮蛋蛋白和蛋黄上均显有松叶花纹；蛋白呈茶褐色或桃油色的琥珀状，半透明体，富有弹性；蛋黄外黄内绿，蛋心是彩色硬心或鲜红半固体溏心，固而不硬，稀而不流。"每个物种都有自己的颂词，做皮蛋的手艺人，精准地提炼了要素，掌握了语气的轻重缓急，让寂寞的鸭蛋抒写出唯美的诗篇。

剥好的皮蛋，会变作调皮的滚蛋，遇到陌生的刀客，往往将它切得七零八落，甚至可能误伤手指。以柔软的棉线化作利剑，去应对那种顽劣和圆滑，则能在一定程度上以柔克刚，让皮蛋分裂成均匀的花瓣，将它们如旋风状摆入盘中，中间浇上酱汁时，便如一朵奇花绽放。

在入湘之前，母亲最拿手的是制作青椒酱汁。将青椒切碎，先于锅内炕掉水分，后放菜油烧热，加姜蒜末炒制，再调上食盐、酱油和香醋。皮蛋的碱味，被酸辣中和，带着镬气的椒香，将味觉引向巅峰。到湖南过后，母亲又利用当地特色，做剁椒酱汁。生剁椒，无形中携带着被时光冷落的悲凄，也需用热油加姜蒜末炒制，增加一些在泥土里蓄积过阳光的刚强。炒后的剁椒酱，油脂浸染婉约的胭红，又缓缓地渗进皮蛋，如胶似漆。

在湖南岳阳的土菜馆，皮蛋被厨师切成零乱的小块，听天由命般坠入捣好的青椒里。青椒先蒸熟或用油炸熟，再入擂钵，加盐和大蒜捣得细碎。擂棒的加持，使皮蛋懂得见缝插针，辣椒在口腔擦出猛烈的火花，皮蛋化作清溪去悉心浇灭。这道菜，叫"青椒抖皮蛋"，是胃肠经历过的冰火两重天。

　　在浑浊的浓汤中，寻找一粒顽石，它通体墨绿，或色如炭灰。浸泡在汤中的娃娃菜，像海洋之上裸露的冰川，顶上铺着火腿丁、顽石般的皮蛋粒……这是某些餐厅的上汤菜式。据《广东菜》记载，上汤一般用瘦肉、老母鸡、去皮生火腿加水慢熬而成。但普通人家或餐厅为求简便快捷，以骨汤或瘦肉汤代替，用汤煮好菜叶，再用汤汁加皮蛋粒和火腿丁熬到浓稠，浇淋在菜叶之上。

　　皮蛋瘦肉粥，是粤菜众多粥品中，较为朴实的一种。据说，香港人在吃此粥前，要放葱花或者薄脆，而广东人则加一点香油。一般家庭煮皮蛋瘦肉粥的方法很多，可用腌制的咸瘦肉，也可用鲜瘦肉。煮好粥底是关键。在多年的摸索实践中，我发现腐皮是助推一锅粥浓稠乳白的功臣。盐分渗入瘦肉的肌理，会激发出它的鲜香。我习惯在鲜瘦肉中撒入食盐，充分揉搓，再撒盐腌制，并覆膜冷藏一天以上，做成咸瘦肉。煮粥，在淘洗后的大米里加一个皮蛋搓匀，用花生油拌好。煮锅添宽水烧开，放拌好的米，彻底搅拌，防止粘连，再加入泡透的豆腐皮煮开，撇掉浮沫，以中火熬煮。取另一口锅，将咸瘦肉充分煮熟，用硬勺捶打成丝。当锅里的米粒融为一体，咕噜作响，熬成粥底后，投入嫩姜丝和捶好的瘦肉丝略煮即成。皮蛋瘦肉粥有一种说不清道不明，让人常常惦念的味道，岁月腌制的咸香和时间演化的碱性，仿佛能中和一个人在生活里遭遇过的某种辛酸。

茄
子

茄子开花，喇叭朝下。大旱天气，对着暴晒后有些蔫态的它，我就想问，你在对泥土说些啥呀？那么多喇叭争先恐后地打开，不等几天，就把茄子吹了出来。

面对琳琅满目的深紫，一个挎着小篮的姑娘，背对着缓缓升腾的袅袅炊烟，好似把山间唯一的梦幻摘进了心里。用清甜的井水冲洗干净，与辣椒同蒸，再放盐和大蒜捣成泥，那是夏天最美味的下饭菜。偶尔兴致过头，摘得多了，便将它们洗干净，放在冰凉的水缸里保鲜。它们安静而悠闲地漂浮着，与时光同在。

我坐在一家土菜馆里，正回想曾经种茄子、摘茄子的场景，就见服务员端来用石钵盛放的"过桥茄子"。蒸熟的长条茄子，悬于架在石钵之间的木棍上。石钵上桌，服务员又淋上厚厚一层烧椒汁。细滑的茄子入口，咸香鲜辣随之而来，舌尖缭绕着浓郁的烟火之气。

其实，茄子并不是土生土长的，它源于古印度，一开始为圆形，后来逐渐有长条形的茄子被培育出来。到过的地方多了，才知茄子不但形状有别，连颜色也分白茄、绿茄、黑茄、深紫茄和淡紫茄。每种茄子味道大致相当，略有差异，总归都是嫩时更加可口。

炒生茄子，就像对待失去胶原蛋白的妇人，要从基底改善问题。下油要多，细润软磨，一点一点地浸透肌理。如果用油太少，不但粘锅，吃在嘴里，就像面对一个人的犟脾气，从嘴到胃，都不会舒畅。

奶奶用少油加水焖炒茄片的办法，熟后，用芡汁收干水分。由于炒时配有大量蒜片和青椒，茄片香辣滑口，竟然有吃到蘑菇的错觉。当然，我也有一小招，无论切片还是切块，先用盐腌至变软出水，再爆香辣椒和蒜片，把茄子连同腌后的汁水一起放入，加盖后，用微火慢烧。待锅里有吱吱油响，表明汁水收干，调点鸡精，或者直接翻炒几下，就可起锅。以此法炒茄子，香滑不油腻，颇具农家风味。

出门吃菜，我习惯点一些新奇的，或是在家难做、费工夫的菜。比如那钵过桥茄子，又比如需要油炸的鱼香茄子、鱼香茄饼，还有同时炸熟再回锅的茄子炒豆角。做鱼香茄子，要将茄子划成鱼鳞状，做茄饼则要切成蝴蝶夹片，将调好味的肉馅酿进去，再裹鸡蛋淀粉糊，在油锅里炸熟。最难把握的是调鱼香汁，糖、醋、泡椒、泡姜之间的比例一定要拿捏到位，五味才更协调，而不是单一突兀。茄子炒豆角相对简单，炸熟后，用油炒香小米辣和蒜粒，放进去合炒，加酱油和蚝油，调味炒匀就成。虽用料不多，但搭配得当，香辣中有茄子的细滑，也有豇豆的脆嫩，是很多土菜馆里的火爆小炒。

有一年，在黑龙江的逊克县，我们新浪美食团一行人，为村委会一餐地道的东北农家菜所折服，至今难以忘怀那道"地三鲜"。茄子、土豆和青椒，再普通不过的食材，只经村厨用油盐和味精调味，就溢出浓郁的鲜香。都说东北有宝贵的黑土地，那沙软带着回甘的土豆、爽滑的茄子、清香的辣椒，每吃一口，都让人感受到阳光照耀泥土的气息。

豆豉鲮鱼是具有广东特色的腌制品，浓郁的咸鲜，被茄子全部吸纳，就生出稳重和韵味，大家都说豆豉鲮鱼茄子煲百吃不厌。在广州一个叫南亩的地方，有一道擂茄子，是将茄子走油后加入酱油、芝麻以及油炸后的蒜米、蒜油和葱花，放在石臼里，用石杵反复地舂压，故名为"擂"。当然也是越擂越香，也越有味。

夜宵的烧烤摊上，也少不了茄子。南方的烧烤调味有所不同，非常注重用炸蒜油来调味，比如你不能吃辣，老板就会用金蒜油和蚝油配比调味，涂在茄子上，一股海洋和泥土生出的醇香，就随夜色填充到胃里。

记得有年正月初三，拥军大哥在铁桥底下请我和富成弟弟吃烧烤。虽是过年期间，但吴家沟烧烤摊上吃客不少。大哥满腔盛情，点了好几十串，烤熟后，装了满满几大盆。我因食量不大，加之又吃过晚饭，只浅尝了一些。那份烤茄子相对出挑，被我铭记于心。茄子对剖成两半放在烤架上，并不坚韧的皮，被炭火烘烤，渐成一盏烤碗，白肉慢慢柔化开来，每口都混合浓郁的孜然味和香辣味。烧烤店的桌子不高，凳子更矮，我和富成弟弟因"窝"着身子，感觉有点别扭。但身材魁梧的拥军大哥，却用烧烤就着啤酒，在矮凳上"窝"出他经历过的许多趣事来，让大家身心畅快。

每每夜宵吃烧烤，就会想起憨厚朴实、曾在部队当过炊事班班长的拥军大哥，也想点一份茄子。一吃茄子，又想那些茄子花们，究竟会说些啥呢。原来它们什么也没说，只在日月轮回中，沉默低首，对大地敞开胸怀，静待那个会烹饪它们，善待它们的人。

黄瓜的前世今生

　　露水黄瓜藏在叶片下，那些细密的毛刺，像是瓜花鲜亮的光芒所散射出的无数线条。握它在手心，那种粗糙感和刺痛感，不禁使人联想到这西域之物由张骞带回来时，历经的坎坷和磨难。

　　黄瓜最初姓胡，叫胡瓜。据说在后赵，有一回，本是羯族人的赵明帝石勒宴请樊坦，指着一盘胡瓜，问樊坦为何物，心知皇帝为胡人的樊坦怕犯忌讳，便说"紫案佳肴，银杯绿茶，金樽甘露，玉盘黄瓜"。胡瓜就改姓为黄了。但贾思勰的《齐民要术》中仍称其为胡瓜，"四月中种之。胡瓜宜竖柴木，令引蔓缘之"。因此，传说也有待考证。

在故乡，家家种黄瓜，插入泥土的"站棍"上，年年绕新绿。黄瓜短粗，嫩时绿中泛白，越老越黄，弯弯扭扭的不在少数。瓜蒂一端多能掐出苦液，每每食之，便会丢弃一截。或因如此，李时珍才在《本草纲目》里说黄瓜有小毒。食物的毒性，有时表现在口味的改变。如丝瓜和瓠子，当它们不该苦而苦时，是由于含有一种叫碱糖甙生物碱的毒素，漂洗、加盐无法去除，即使高温也很难让它分解。不同的是，令黄瓜发苦的是葫芦素 C，并无毒性。

乡下土黄瓜，悬在藤上，质朴中透着憨态，"土"字，是它因带有原始味道而被赋予的前缀。所谓养生，就是根据地域耕种，每种作物的萌生自有天意，宜应季而食。土黄瓜被熏风吹拂，却能清热解暑。将它探进白糖碗里，沾一层沁甜的霜雪，入口后舌尖并不感到莽撞和腻味，特殊的清气使人如蹚山野溪流。亦可将它切片切块，拌上油盐，辅以蒜泥，提味杀菌。当它越长越壮，皮厚质糙，便摘取新鲜辣椒，爆香后合而炒之。土黄瓜挪步到东北，辽阔的大地让它更为豪放粗壮，一旦身披金黄老皮，除了孕育种子，还会变成缸里的脆菜。于是，一口酸香的老黄瓜汤，就渗出老去的年华对青春流露的醋意。

我长大了，菜市场的黄瓜也添了新品种。它表皮青绿，身材修长挺直，嫩者带刺顶着瓜花，又叫"青瓜"。拌黄瓜，并不是用作料简单堆叠，最好体现出咸淡均匀、爽脆入味的神韵。黄瓜肉厚，一时难以渗透调料，最好先用刀拍至松散，好似让它毛孔扩张，更易入味。常见善食拌黄瓜者，往往冲着老板叮嘱："来一盘拍黄瓜。"

另一些细心的川厨，将黄瓜刨成薄片，巧妙地卷进大刀白肉，以减缓多余的肉荤之腻，也能将两元钱的黄瓜捧成主角，做成风味独特的川椒焓黄瓜。黄瓜对剖成四条，剔去瓜瓤，用适量盐和蒜蓉抓匀，腌三五分钟，使盐味渗入。再烧热植物油，放花椒和干辣椒炒到酥香，倒入黄瓜，大火快炒二十秒，便关火盛出。此菜食材普通，贵在以嫩者为佳，用料极简，重在火候的精准掌控。热油会使黄瓜变软，待它放凉过后，才能吃出麻辣脆爽和咸鲜。湘厨也不会怠慢黄瓜，切一撮小米辣，抓一把紫苏，用野性和贵气，强势地改变黄瓜的气质。紫苏煎黄瓜，已褪去寒凉和稚气，令齿间如感柔荑抚弄，芳香萦绕。

我常用两根筷子摆成轨道，将黄瓜放置其间，儿子如果这时钻进厨房，便兴奋地叫着要"开黄瓜火车"。黄瓜夹在筷子之间，用刀细密地切上薄片，被筷子挡住的部分仍旧相连，再翻过来同样下刀。提起一根切后的黄瓜，便如拉弹一台手风琴。黄瓜入盘，形如盘蛇，以油盐酱醋、大蒜、小米辣和鸡精等料做成味汁，均匀浇淋，即成"蓑衣黄瓜"。

邻居告诉我，黄瓜干赛过萝卜干。将黄瓜对剖成四条，去掉瓜瓤，列队似的排在簸箕上。热辣的阳光使黄瓜水分渐渐蒸发，慢慢收缩卷曲，像被抽走了灵魂。它变得轻盈纯粹，你灌输什么思想，它就接受什么熏陶。一盘脆口的黄瓜干，可以用辣椒油、花椒面、蒜泥和油盐酱醋调味，唤醒打盹的味蕾，也可用糖醋、大蒜和酱油浸泡成酱黄瓜。

并不是所有国家对黄瓜都一直友好，公元 10 世纪时，日本就有黄瓜种植的记录，但人们觉得它是瓜中下品。江户时期，黄瓜作为平民果腹之物，武士们统统拒食，因为它的横切面极像当时德川将军家的家纹。以前，日本人只吃黄色的老黄瓜，也是从这时候才开始吃脆嫩的绿黄瓜。

黄瓜进入欧洲的历史也较早，同样不受待见。直到 18 世纪，英国的医生们还认为它应该同垃圾一样被倒掉，只配给牲口吃。后来，英国皇室拯救了它，黄瓜三明治成了上流社会下午茶的标配。而造出早期蒸汽机车的英国工程师乔治·斯蒂芬森，为了使夹在面包里的黄瓜更直，在黄瓜初长时，为其套上玻璃模具。

当嫁接之势捎着融合之风席卷茫茫大地，黄瓜越缩越短，表面的毛刺似被弯月刮净。光滑迷你的日本小青瓜，亦果亦蔬。直接生食，柔嫩清脆，抑或蘸一点酱油足矣，就像吹弹可破的童颜，无须过多粉饰。

姜山永存

　　姜之辣，具有弥散性，从小处洞开，足以漫延至整个机体，且能持续较长时间。不像辣椒，辣味如鞭炮在舌尖炸响，热烈、短促，生灭的过程就像硫黄在燃烧。

　　在乡下，吃辣椒像冬天在火塘烤着木头疙瘩燃起的柴火，有时火焰猛烈突击，会让人退避三舍，一旦离开又觉得寒气在周身肆虐；而吃姜则像提着一个烘篓，竹篓里放着陶钵，用火钳将烧红的木炭夹进钵内，上面轻盈地盖一层炭灰，炭火隐忍而缓慢地吐出热量，让人有由内而外被小心呵护的错觉。

所以，那些被风雨撞疼的庄稼人，习惯用一碗姜汤来治愈被天气砸出的伤。

对乡村而言，生姜是地心包藏的暗火。

院子里，爷爷像一块即将晒干的老姜，萎靡地将自己摊在一张躺椅上。干瘪的嘴唇，缺失的门牙，让整张布满皱纹的脸趋近于一种带有弧度的线条。

"凤玉呀，你去挖块嫩姜来哟，我嘴巴起了藓藓。"

都说姜是老的辣，可跌出他嘴唇的腔调，带着明显的卑微和淡淡的乞求。那一刻，他更像一棵被藤蔓缠绕的古树，上面附生出许多让他与世间百味隔绝的苔藓。

时光再退回二十年，画面可不是这样。

爷爷习惯提着一把被磨掉了尖角的锄头去挖生姜。生姜在黑暗里长出无数枝丫，它们从糍糯的泥巴里钻出来，同爷爷敏捷的十指一起悬空而动时，犹如天河里奔腾的野马群。又在井水中仔细濯洗干净，成堆地码放在簸箕里，仿佛是谁紧锣密鼓地筑起了烽火台。他每年都会骄傲地说一句："看嘛看嘛，这姜山。"

生姜沥水后，有的被扔进泡菜坛，有的继续留在阶沿上的簸箕里。无论归属在哪里，都不会影响它被赋予的去腥增香且又开胃的使命。

有一回，奶奶因风寒感冒卧床不起，爷爷风风火火自带一股壮年生姜的暖意，去厨房做了一碗酸辣面。泡姜和泡椒在密封的盐水中浸泡，依然保持鲜艳的色泽和饱满的状态。在熬煮过程中，泡椒丝和泡姜丝的双重辣味缓缓渗入面汤。爷爷故意延长挂面的煮制时间，面条最后被煮得软烂，当它们缠缠绵绵抵达胃部时，就像塞进了一朵朵温暖的棉团。奶奶吃完酸辣面，又将自己焐进棉被。内烘外煨，辣意打开汗腺，邪气冲出毛孔，被推到身体的防火墙外。当她一阵满头大汗过后，体温渐渐恢复正常，慢慢变得神清气爽。奶奶说，吃一碗酸辣面发汗，相当于洗一趟天浴。

生姜，让许多农村人在天浴里得到重生。

在读书年纪只喜欢跟在长工身后玩耍的爷爷，定然不知道《吕氏春秋》和《齐民要术》里有关于生姜的记录；他也不知道一个叫马可·波罗的外国人越过重洋，在他的《东方见闻录》里大赞中国的生姜，使生姜一度成为昂贵的香料，一磅生姜居然能够换取整头羊；他更不知道考古学家在马王堆汉墓中发现了生姜，它变成了一种保护文物。但他知道农民的生命离不开生姜，每年都会谨慎地侍弄好一大片姜土。

生姜第一次在我的听觉里标注符号，要从一块嫩姜开始。

我的奶奶凤玉在爷爷的乞求下去挖生姜。薄雾先是在她附近推推揉揉，后又挨挨挤挤团在她的周围，她右手紧握锄柄，没有手指的左手像一个木槌，拼命抵在旁边，终于合力挖出一块嫩姜。当她左手触碰那些娇嫩得像涂着粉红指甲油般的水灵嫩姜时，我以为是大地让她重新长出了手指。当她又用左手将嫩姜抵在胸前，用右手叭叭地掰下小枝丫时，我又误以为那是她双手同时欢快地打着响指。

嫩姜枝丫分裂时发出的声音干脆而又空灵，始终贯穿着我虔诚的祈祷。

我还祈祷爷爷在吃完一小碟嫩姜过后，能够踏实地在夜里安睡，只

等窗外一场夜露让他恢复生命的弹性。可他真的老了，连说话都收敛得只剩下简单的指令。每个眼神几近雷同，指令与指令之间丢失了串词，完全是瘦骨嶙峋的条目。他多像被抽了真空。

奶奶小心地腌制嫩姜。几勺酱油和一些盐巴让姜片变软脱水，稍经密封，就变得咸辣脆爽。嫩姜多像一个讨喜的孩子呀，那细嫩的辛辣带着俏皮，它充足的水分足以安抚一对干枯欲裂的肺叶。它跟爷爷摩擦出久违的温度，不断开启许多新的话题。爷爷突然对奶奶讲述往事，这一生遇到的磕磕碰碰。他深陷的眼睛终于泛出一点微光，像我曾经在深夜埋头苦读时，煤油碗盏里将燃又欲熄的灯花。

我还没来得及告诉爷爷嫩姜还有一种很特别的腌制方法，那就是用糖、醋加上玫瑰茄浸泡切好的姜片。三五天后，每片生姜都染上漂亮的胭脂色，像奶奶初次见到他时脸上绽放的红晕。那些姜片又酸又甜又辣，还巧妙地避开了苦——他一辈子尝尽了的味道。

乡村的院坝和酱姜的瓶子都陷入沉默，只有爷爷喉咙里发出一阵类似生姜落入泡菜坛中隐约的冒泡声，随之而来的是，坛盖即将封闭的最后一响。

在遥远的山沟，我的爷爷与他的姜山永存。

南瓜滋味长

　　南瓜藤，像河岸的纤夫，以惊人的耐力和毅力，运载大大小小的南瓜，完成生命的旅程。有的南瓜，顺藤伏于地面或坡坎墙头，有的随藤穿行在树木枝丫之间，悬在头顶，随风摇摇晃晃时，像无声的铃铛。

　　南瓜藤能开出霸气的大花，不是每朵都能结瓜，小瓜顺着花蒂长出肉身。有些长到拳头大小，泛黑的干花依然紧附肚脐，不肯舍离。而那些多余的瓜藤，尽可掐上一些嫩尖，撕去茎上毛乎乎的表皮，入水一汆，再用油盐，加干辣椒、大蒜回锅略炒，脆嫩清香。

有人爱吃瓜花，用鸡蛋淀粉糊油炸，类似日本天妇罗的吃法。瓜花也可酿肉。酿这一做法在古代就已盛行，比如鼎鼎大名的"鱼藏剑""老蚌怀珠"等菜式都用上了这一做法。将端正的嫩南瓜切开顶端，瓜瓤掏空，做成小盅，把用酱油、姜葱、火腿末和盐拌好的肉馅塞进去，加瓜盖，入锅蒸熟，是云南的一道特色菜——酿小瓜。嫩南瓜也常切丝，将辛辣的尖椒和蒜片用油一爆，南瓜丝入锅，稍经翻转，在盐的刺激下，会渗出少许汁水，能将白米饭浸得青黄莹亮。

生姜是老的辣，南瓜是老的甜，不同的老者，脾性有别。老南瓜一上市，家里往往将它红烧、蒸食、煮汤，也少不了蒸熟替水做馒头。逢时间充裕，在熟南瓜里调少许黑胡椒和炒过的洋葱，加牛奶一起搅打成汁，再倒入用黄油化开的锅中，调些食盐和奶油稍事熬煮，就做成了儿子最爱的南瓜浓汤。

老南瓜表皮坚硬，能在常温下久置，从摘收到新年到来都没问题。南瓜皮可吃，恐怕只有乡间百姓才识其滋味。将南瓜洗净，置入干净大盆，用质地较硬的锅铲将皮一点点刮下，轻薄卷曲，在锅中炕干后，推到锅沿，用油将青椒和大蒜炒香，再将南瓜皮推入油中，加盐炒匀，香辣刺激，味同零食。

有好些人忌讳把南瓜留到过年，说是将"难"留住，不太吉利。有年正月，家人身体有些不适，母亲去储藏室，发现尚有一个大南瓜，立即抱出去扔得老远。

买菜时，听一位阿姨对同伴说："哎哟，昨天我买的那个南瓜才面咯！"所谓"面"，就是沙粉的口感。要论南瓜"面"，我认为要数板栗南瓜为最。

在黑龙江采风的某天上午，被安排去野地采蘑菇。我们坐着现代新型拖拉机，摇摇晃晃进了一块南瓜地。墨绿的南瓜全都匍匐在地，藤蔓并不依附枝丫或于墙头攀缘，比成年人头颅还小，主人告知说它们已经成熟，可以随意采摘。如牛鼻绳一样结实的南瓜藤，岂能轻易折断？只等拿了小刀，用力切割，这才知道其重是平常南瓜的几倍。头顶湛蓝的天空，背靠低矮的白云，四野一片翠绿，双手托举南瓜，这张照片中的我有着丰收人的喜悦。

南瓜地旁，是一小片丛林，可采蘑菇。丛林蚊虫硕大，虽经提醒做了防护，还是被叮穿了长裤，瘙痒难耐。带着自认为颇丰的收获，回到村子，村人见到我们，不禁莞尔。几个妇人正在流水下冲洗榛蘑，那些菌包光溜紧束，如婴儿般娇嫩。再低头看自己的篮子，榛蘑已散开如伞，有些还炸开裂纹，就生出一种上了岁数的尴尬。那顿午饭，板栗南瓜切块后，被油炸熟，裹上当地野生蜂蜜，瓜肉橙红，质地绵密，粉面香甜，味如板栗。

回程时，当地工作人员还特意分送我们每人两个南瓜。于是，行李箱就变得出奇地重。母亲接我时颇感意外，问我是不是装了黑龙江的泥巴回来。后来打开箱子，她忍不住大笑，笑我不远千里拎瓜回家。

板栗南瓜质地非常坚硬，砍瓜好似斩骨，需耗费相当的力气，这可能便是它累月伏地而不腐坏的秘诀吧。母亲以一把轻巧的菜刀下手，南瓜丝毫无损，还险些伤到自己，后来换作斩骨刀，才成功地劈开了它。

如今，能在某些超市买到诸如贝贝南瓜等类似板栗南瓜的迷你品种，

　　但我依然觉得，它们都不及我在黑龙江吃过和带回来的那些瓜味佳，即便只简单蒸制，似乎都能释放出黑土地的旷达和野趣，让内心的潮湿和拘谨得以缓解。

　　我怀念那种被阳光和雨露打磨后，类似时光的味道，更想念那群自五湖四海而来相聚的美食伙伴。"人生如逆旅，我亦是行人"，相逢的人，见一面，少一面，而有些人，只一面，已成永别。

花生的声音

　　她躲进一个恰好能容纳她身躯的洞里，傍坡的一堆玉米秆严实地遮盖了她。日本鬼子正在村里扫荡，她不时听到凄厉的惨叫。她舌尖打颤，用双手捂住自己恐惧的喘息，像一颗密不透风的花生。

阳光把几片花生叶子的耳朵揪黄了，地里的种子应该在攒劲地伸展。已经藏了一天，村子变成哑巴，她的肚子却敲成了响鼓。她拨开玉米秆，从村民平常放置粪桶和农具的洞里钻出来。用手指刨开泥土，那些花生出奇地瘦小，紧张地从黑暗中爬出来，剥开来吃，满嘴都是蜷缩的涩味。

那一年，连花生都不敢长大。她对我说。这是我认识了那位八十多岁的老人两个月后，她曾对我讲的往事。她用患有白内障的迷蒙的双眼看着我说话时，总像在盯着别处。但每次我丁零零按响她家门铃，身子刚挤进屋内，她便知道是小陈来啦。

那天去她家，我带了一口电炖砂锅，头天夜里已提前煮了一锅稀饭，作为开锅处理。当然也买了排骨和花生。我曾听她说过，自她牙齿掉落之后，再也没尝过花生，那是她最喜欢的东西。我确实在她干瘪的嘴里看到了只零星地立着的几粒萎靡的牙齿。

她问患有精神分裂症的小儿子，小陈拿了些什么？他说有一口砂锅，还有排骨和花生。她便大笑，皱纹堆起来像一张脸谱。她又指着自己的嘴说，你看我哪颗牙桩还能耐活？我边在厨房为排骨焯水，边大声回答她，光牙龈都可以呢。排骨和花生一起放入炖锅，再掺清水，放上姜片和葱结，汤水沸腾之后，血色和翠色便荡漾开来。

我坐在她身边，她便讲起了那片难忘的花生地。她是一位退休教师，躲过日本鬼子，也因特殊原因与丈夫划清过界限。她说，凹凸不平的人生，总会包裹一颗希望的种子，就像花生。她的小儿子没上过学，靠自学画得一手好画，曾有机会能去美术学院深造，却突然患精神分裂症。她不明白到底哪个环节出了差错，他这颗种子，怎么突然就变了形呢？

他不发病的时候居多，每逢清醒时，都亲自为我开门。他总是用一张纸巾包着门把手，待我进入，又将纸巾丢掉。尽管他年过五十，但看我的眼神那样纯净，笑起来像一汪清水。我也见过他发病的样子。他从我身旁经过，仿佛进入无人之境，去厕所吐完口水，又梦游般径直回到房间。

排骨花生汤的香气不时飘到客厅，她偶尔会岔开话题问道，我真的还能吃动花生？她不知道电砂锅温噉的性子，能煲出排骨的酥烂和花生的粉软。颤巍巍地将煮好的花生送进嘴里，牙床在闭合的唇里不断蠕动，她激动地说，能听到脚踩沙子的声音。她还说一辈子没去过海边，但她认为那应该是同样的松软和绵密。

我也曾仔细听过花生的声音，饱满的花生落入油锅，当高温的炸制让它摆脱生分，走向成熟之时，那噼噼啪啪的声音如孩子在地上砸甩炮。将炸好的花生沥在大盘里，淋入几滴白酒，盘内吱吱地喧哗，酒香伴着若隐若现的轻烟，如同粮食在空中旋舞。也曾因为想要听到油炸花生在齿间磨合时蓬松的碎裂之音，跑去请教大厨。大厨说，要先用水将花生泡一分钟。原来，那种特殊的振奋，是流水的声音。还有用少油和食盐炒花生呢，先是锅铲与铁锅铿铿有力地不断碰撞，待花生的水分渐散，它似变得轻盈，一旦外衣开始破裂，颜色发生变化，抛起又落入锅中时，便撇掉了湿气，弹跳的声音就清脆起来。

你知道人们为什么喜欢用花生米下酒吗，她问我。我说，是因为花生米耐数。她接着说，还因为花生会说话。说什么呢？我问。她说，当你喝酒的时候，如果筷子已经夹不住花生米，那些跌落的声音，就是在说，你喝高了。

通过花生，我和她成了朋友，她说我是能听她说话的人，她能从一锅花生汤里听到我内心的声音。我问她那是怎样的声音。她笑而不语。后来，我习惯性地偶尔会为她做一些类似粉蒸肉、红烧肉之类适合她牙口、她喜欢的菜。她的小儿子每次为我开门，一脸欣喜的泉水似的笑容，似乎能拂去世间所有尘埃。

自她搬回老家一年多后，我再没和任何人谈论过花生。趁着假期，我去旅行，也顺便看望她。她本来就单薄的身子更加消瘦，眼球似乎落入干枯的洞穴。她说她最近总是腰痛，站着吃力。我以为那是老年人的常态，并没有太过担心。倒是她那双摆在鞋柜的旧鞋引起了我的注意，它像霉变的花生。临走前，我特意为她买了一双我自认为舒适的老北京布鞋。她说她很喜欢，等有机会穿出去走走。

　　她穿着那双鞋走到医院，便再没回过家，一星期后，她终因全身器官衰竭离世。这是我从她大儿子打来的电话里得知的。她的一些亲戚责怪我送鞋给她，说那是送她上路。他怕我有心理负担，特意叮嘱我不要自责，说她临终前多次念及我的好，还说能从花生汤里听到我真诚的声音。

　　转眼十多年又如书页翻过，每忆及此事，便如辣油呛进气管，眼中有泪却冲不出眼眶的刺痛。一直支撑我人生的这点真诚，真能帮我听到别人内心的声音吗？

绿豆嘣嘣响

　　暑天里，许多家庭一周的伙食中，少不了几顿绿豆稀饭，但知道绿豆在何时收获的年轻人并不太多。

　　簇拥的稻子，或许来不及对一只蚱蜢生出厌倦之心，已经被镰刀捋直了腰身，终于在农舍里把四肢摊开，想象着自己也曾渴望舞蹈。绿豆还在田埂上呆呆地站立，它一点点吸饱山野的翠绿，并且日益坚定，豆荚如撑起篷船，未到一定硬度，不敢轻易弹开天空那如水的蓝。它们年轻时，用厚实丰盈的外壳呵护肚内的种子，直至传承结束，剩一副喘气可飘的皮囊。植物的一生，也如此伟大而悲壮。

　　在吃过的菜肴中，至今没见过绿豆和王八对眼，倒是立夏之后，挂在房梁上的腊排骨对它青睐有加。腊排骨似一天天聚集地火，将自己越烘越干，将它放进煮锅里，用几把绿豆的凉性降低攻心的暴躁，食后就能降低口舌生疮的概率。这种忘年之交之所以能够长久，是因为彼此都有强大的内心，能吸纳对方的优点。腊排骨带着烟火的陈香像在舌尖上打开青春的密码，绿豆虽性格沙软，却也摆出了老练的架势。

　　绿豆沙作为消暑利器，无论是甜品店还是家庭小灶熬煮，都以甜为主，区别在于，单纯用绿豆，还是额外加些百合、莲子；又或去皮，还是不去皮。此外，不同的水质会让一锅绿豆汤呈现不同的色泽，每一种水里所含的矿物质不同，酸碱度不同，在绿豆翻滚的过程中，

水可能泛出红色，也可能呈现绿色。无论哪种颜色的绿豆水，只要加入冰糖提味，总归要从嘴里抵达胃部，带来一阵沙甜的浸润。

老南瓜绿豆汤，就可咸可甜，在广东一般为沁甜入口，而川东多是咸香过喉，它们搭配融合，调出一碗莫兰迪色调。广式点心里的绿豆糕，由水油皮混合揉制，包上绿豆沙馅，烤箱的热度使表皮分层起酥，食在嘴里香软化渣。去皮绿豆作为馅料，包入广西的超级粽子里，沙软结合鸡肉的咸香，食之让人忽略粽子过大带给人的震慑，只记得那特殊的回味。

绿豆清热解毒，民间认为，它有药食同源的功效，所以常被家里用作感冒发烧的辅助食疗之物。制作方法也极其简单，只需取绿豆加适量清水煮开，熬上十分钟左右，取水饮用便可。倘若是小儿，适量加点冰糖提升口感，一次的饮用量却不宜过多，寒凉之物会损伤他们娇弱的脾胃。

同为豆子的生发物，绿豆芽比黄豆芽纤细得多。也有讲究之人，会在炒前不厌其烦地掐掉根部。每回买到绿豆芽，婆婆午餐的准备时间至少要多一个小时，豆芽根就一分一秒地借她的手指避免了油爆盐浸。母亲对口感的追求是从豆芽本身抓起。她说市售绿豆芽炒出来后，盘底总要集满一汪水，并且吃不出豆芽味。吃了这么多年的绿豆芽，无论将它作为配菜，还是独炒或者与韭菜合炒，味觉早已习惯，对于母亲的评价，就感觉有些玄乎。母亲在头天夜里用清水浸泡绿豆，早起后，将鼓涨的绿豆置入细密的漏格里，淋透一层水，再盖上湿纱布，放到避光处，以后每日用水浇淋两次。约一个星期，指段长的豆芽就争气地生发出来。

把干辣椒用油炝香，加姜蒜爆炒自发绿豆芽，不但相对干爽有型，食之还带一丝清甜。原来，这就是"豆芽味"。

樱桃好吃树难栽

　　我在一篇短篇小说里写过一个懒汉，他媳妇勤劳聪慧，除了种植常见农作物外，还栽樱桃卖樱桃、种栀子卖栀子，将日子打理得颇为红火。突然有一天，她出而不归，据说是跟一个河南商人远走了。从此，懒汉全靠顺手牵羊过日子。这个懒汉原型，即我的"保保"。

　　幼年时我体弱多病，母亲曾背着我四处求医，附近赤脚医生的门槛都被踏出了老茧。听老人说应该神药两解，母亲就带我去拜认那个能干的农妇为保娘。自此，小说中的"懒汉"，自然成了我的"保保"。保保、保娘即干爹、干妈，他们多半身体康健，为人行事和做派往往透着一股正气，才有余功护佑别人。

　　每年春夏交替之时，保娘家的十几株樱桃树，"满树红堆玛瑙丸"，颗颗皮薄晶莹，越撑越亮，简直吹弹可破。她从树上为我摘下好几把樱桃，它们甜中微酸，每一颗都充盈着浓郁果香，深刻地嵌进了我的童年。

　　20世纪80年代，在信息相对闭塞的农村，保娘因勤劳致富，加之又生得标致，成了十里八村的名人。后来，当她突然抛却了丈夫，远走他乡时，邻里的言辞中

每每流露出的是阵阵惋惜，而不是谩骂，在那个年代也实属罕见。那一树树的樱桃，离了她掌心的温度之后，渐渐收敛了热情，变得果小味酸，叶子疲软，被虫子啃噬的那一部分，还胆怯地抽泣卷曲。哦，可能人与植物若有了情感链接后，一旦分离，植物也会形销骨立吧。

三十年后，朋友从远方寄来两箱樱桃，要我尝尝那里的水土和人情，我重新体会到一颗带有温度的樱桃，如何让人满口生津、食之难忘。一箱是我国本土品种，味道与保娘家的不相伯仲，另一箱则是外国品种车厘子。

"绿葱葱，几颗樱桃叶底红。"我国樱桃的栽培历史悠久，但本土砧木樱桃树对环境适应能力较差，它们怕冷又怕热，怕旱又怕涝，对温度要求高，不易存活。俗语有言："樱桃好吃树难栽。"如此需要悉心伺候之物，也难怪其果实虽光鲜可人，却是一副娇滴滴，经不起半点折腾的模样。

改革开放后，人们分析品种优劣，通过嫁接、引种等方式，不断对本土樱桃进行改良，也逐渐有了果大皮厚、肉多核小、味道纯甜更耐储存的车厘子大量出现。樱桃树也不再难栽了。

根据樱桃的脾性和个人食用偏好，我决定将本土樱桃直接食用。车厘子则被我颗颗去核，加大量白糖和麦芽糖，让它们析出水分，再小火熬煮成果酱。熬制过程中，挤一些柠檬汁，既能杀菌防腐，还能增加清香。

成都附近出名的车厘子，恐怕要数汶川品种。

第一次进入汶川地界，是在 2004 年的 5 月初。沿途的草木还未披绿，我们身着棉衣，行驶于座座高山的夹缝之中，胸腔有种莫名的挤压感。

也很难想象，如今市面上脆甜个大的汶川李和汶川车厘子原来都产于这个地方。去的次数多了，对所见之景习以为常，初始的紧张和压抑不知何时已经消失。

随着国家实施乡村振兴战略以来，许多地方因地制宜，寻找适合当地发展的农业项目。采摘车厘子、吃柴火鸡，是汶川别具特色的农旅项目。孩子们爬到树上吃饱了樱桃，又下来追着几只土鸡四处狂奔，沉浸于童年的快乐中。

临走前，我问老板每年的收入如何。他神情恬淡地说："半年做生意，半年来休息。"自从经历了 2008 年那次大地震后，许多当地人的生活观念都有了改变，变得更加敬畏生命和自然。

几年前，我从达州挖走过一棵矮小的樱桃树，那是父亲亲手栽植的其中一棵。樱桃树在成都的土壤安居一年，又连泥带树用保鲜膜包裹，跋山涉水，几经辗转，生根在弟弟生活的湖南。一棵树融入过这么多人的感情，聆听过如此多的世间密语，该会长成一棵多有情怀的大树！

生活看似随性，不受制于任何人，实际存在一定的逻辑。我的懒汉保保并没有像小说主人公李歪嘴一样，通过改变自己的精神面貌，最后勤劳致富。他放弃了那片红火的樱桃树和雪白的栀子花，带着儿子四处流浪，最后竟相继离世，实在令人唏嘘。

火爆的猪腰

　　猪腰伏在案板上，像竖起饱满的耳朵，把菜市场那些磨刀霍霍声、讨价还价声，统统都装了进去。它过滤了人生的戾气、食物磨合时的苦痛，将残渣储存到白色的腺体。所以，无论吃腰片还是腰花，要将腺体剔除干净，就像抛弃我们灵魂里一些多余的东西。

　　猪腰，即猪肾，因其形如古代的银锭，得名"银锭盒"。古代银锭主要出现在唐、宋、金时期，形如猪肾，地方百姓俗称"猪腰银"。银锭样式很多，并不都是电视剧里两边有耳、中间凸出的"山"字状的元宝银。

　　大小餐馆都备有猪腰，并不会"腰不倒台"。新鲜，是一盘猪腰脆嫩的首要保证。倘若经过冷冻，组织结构变得松散，味道会大打折扣。中医讲究以形补形，吃什么补什么。既有追求口感者，也有追求食疗效果的人，猪腰的火爆程度，非一般猪下水所能比。

　　火爆腰花，有滑油与不滑油之分。滑油者，一般在腰花切好冲洗后，用料酒、盐、胡椒粉、生粉等腌制，再用热油滑到八成熟，盛出来。炒香其他作料，再入腰花爆炒。曾经在手中滑溜的腰花，遇热渐渐挺直身子，洋溢着青春的气息。猪腰经过横刀斜刀的分割，在热油里膨胀成熟透的麦穗。不滑油者，则用大量油炒香作料，直接放入腰花，勾入调味的芡汁，大火快炒。如果欠火，便有血腥之味；如果过火，就老而紧实，失去脆嫩。所以，一盘火爆腰花，是密度、速度和弹性精确拿捏的结果，一个优柔寡断又显笨拙的厨师，往往难以做好。

脏器合鸣，让肝腰合炒在猛火灶的呼啸中并不败阵。猪肝和腰花，在木耳、泡椒和豆瓣的撞击中兜兜转转。炒好后的肝片是极薄的柳叶状，同腰花一样都有脆嫩的质地。事先备好香芹段（或韭黄、黄瓜片）、葱白、姜蒜粒和泡椒段，一碗用盐、黄酒、胡椒粉、味精、白糖、

生抽、蚝油、生粉和少许清水兑成的芡汁。锅中倒较多油，炒香花椒、泡椒、葱姜蒜粒和豆瓣酱，下入肝腰，快速翻炒十秒左右，即放芹菜和芡汁，继续翻炒，约八到十秒出锅，即江湖所言"十八铲"。

拌川，是沪杭地区的面条类小吃，面上会加诸如炒猪肝、虾爆鳝、烧牛腩等等浇头。一碗五十多元的腰花拌川，绝对是高碳水早餐。用猪油爆香豆干豆芽，放酱油等料。铁锅在厨师手中上下颠簸，偶尔一种调料加入，会让灶上的火猝不及防地扑腾起来，燎得掌勺人满面红光。放大排、猪油渣、青椒，还有煮到六七成熟的面条，快炒至熟。腰花需要加作料单独炒熟，浇在炒面之上。浓郁的油脂、性感的腰花，簇拥着咸香的面条，镬气十足。

油淋腰花是做来不易失手的传统菜式。腰花经过清洗，加料腌制，入开水锅中氽熟（约20秒），即放在黄瓜和煮好的木耳之上。取一碗，调入酱油、米酒、醋、芝麻酱、香油和蒜末，充分拌匀成味汁，淋于腰花之上，再撒上刀口辣椒和蒜末，用滚烫的热油一淋，食来麻、辣、鲜、嫩、香。

对我而言，切腰花算不上棘手，片腰片才难。猪腰经对剖去除腺体后，剩余的厚度并不充足，更加考验一把刀是否锋利，一个下厨者的刀功如何。在氽煮好的腰片上淋上用花椒和香葱绿斩成细泥，与鲜汤、香油和盐调成的椒麻汁，谓之椒麻腰片。第一次吃椒麻腰片，观之如皮肤并不白皙之人，着一件绿色外衣。然而，入口脆嫩且轻柔，清新香麻，结合了土气与某种成熟之味。

广东饮食中，药膳汤是一桌宴席的重头戏。据说，广东人娶老婆，其中一条标准，就是看她能不能煲得一手好汤。我记得有一家以猪腰汤为招牌的粤菜馆，食客常常川流不息，冬季更是门庭若市。姜汁酒腰片汤，不是煲，而是"浸"。"浸"，是以清水或汤滚沸后，用小火或中火使汤保持在"虾眼"水（即微沸腾）状态，下主料滚至刚熟，使之有鲜嫩、柔滑之感。姜去皮榨汁，猪腰剖开，剔去腺体，用生粉洗净，切成薄片，用生油、生粉、生抽拌腌片刻。在锅中下姜汁、米酒和清水，武火滚沸后，改为文火，保持"虾眼"水状态，下猪腰滚至刚熟，调入适量食盐和油便可。米酒和姜蓉不但去腥增香，漫过舌头的辛辣和甘甜，经喉咙淌进胃里，很快就有暖融融之感，如同体内燃起冬天里的一把火。假如觉得腰片味寡，也不用遗憾，店家已用姜蓉和葱白蓉加盐混合，用热油激香做成蘸汁。如此，爽脆的腰片就会裹上浓烈的姜葱之味。有个女同事，每遇上生理期不适时，都要去那家店里点一锅腰片汤。

还有一种家常猪腰汤，用料和做法相对简单。处理好的腰片经料酒等腌制去腥，再用油盐略炒，加水稍微炖煮，喝前撒上一把葱花。猪腰的脏器味，在炉火的驱动下，四处流窜，并经姜丝利剑般的攻击后，慢慢臣服。于是，一碗家常猪腰汤，就有了莫名的异香。

曾在车内广播听到一则逸事。一位女士患有耳鸣症，耳边常似鸣蝉在叫，几经治疗，无明显效果。有人给她支了一招，以白水煮猪腰，每日食一个，三四天就消除了烦恼。白水煮猪腰即将猪腰剖开清洗，入锅煮到变色，捞出即食，不加任何作料。其味之腥臊可想而知，常人多半难以下咽。

油泼腰花

材料 新鲜猪腰2个、黄瓜半根、蒜末1汤匙、生姜3片、香葱结1个、酱油3汤匙、醋1汤匙、米酒2汤匙、香油1汤匙、刀口辣椒2汤匙、菜油5汤匙、白胡椒粉1/2茶匙、黄酒1汤匙、干淀粉1/2汤匙、盐适量。

做法
1. 猪腰对剖，用刀片掉内部白色和红色的腺体。
2. 将猪腰切成腰花后，在流水下冲洗至水变清澈。
3. 腰花入大碗，加黄酒、白胡椒粉、适量盐和干淀粉抓匀腌15分钟。
4. 锅里烧水，下入姜片和葱结，熬开2分钟后，下腰花烫30秒捞出。
5. 取碗，调入酱油、米酒、醋、香油和一半蒜末，充分拌匀，成味汁。
6. 黄瓜拍破切小块放在窝盘底部，上面放腰花，淋入味汁后，撒上刀口辣椒和剩下的蒜末。
7. 炒锅烧油，待冒青烟时，趁热从作料上均匀淋下。

备注 刀口辣椒是将干辣椒和花椒用油炒香后捞出，变凉时用刀刺碎而成。

泡椒鳝鱼

材料 鲜活鳝鱼约500克、泡红灯笼椒10个、生姜1大块、大蒜10瓣、大葱半根、高度白酒2汤匙、白胡椒粉1/2茶匙、郫县豆瓣1/2汤匙、酱油2汤匙、菜油4汤匙。

做法
1. 鲜活鳝鱼宰杀（不剔骨）后，充分清洗干净。
2. 在背上均匀切一刀（不断骨），斩成指节长的小段。
3. 生姜切片，大葱切段。
4. 炒锅烧热后倒油，油热后炒香豆瓣、泡椒、生姜、大蒜和大葱。
5. 下鳝鱼，放白酒、酱油、白胡椒粉翻炒均匀。
6. 淋入没过鳝鱼的开水，中大火加盖烧10分钟，开盖收汁即可。

备注 死鳝鱼会分解形成毒素，宜现杀现吃。

杂蔬捞鸭胗

材料 泡发小木耳 1 把、鸭胗约 200 克、黄瓜 1 根、红辣椒 1 个、香菜 5 根、生姜 4 片、大蒜 3 瓣、盐焗鸡粉 5 克、白糖 1 茶匙、米醋 1 汤匙、辣椒油 2 汤匙、熟花生油 1 汤匙、酱油 1 汤匙、盐适量。

做法

1. 鸭胗去掉白色硬膜，切片后用水冲洗干净。
2. 锅里烧开水，将木耳氽熟后捞出到凉开水里过凉。
3. 将姜切片，放到煮过木耳的锅里，熬煮 2 分钟。
4. 往锅里放入鸭胗，复开 20 秒后，捞出到凉开水中过凉。
5. 沥出鸭胗入碗，将红辣椒切丝放入，调入盐焗鸡粉和酱油拌匀，腌 30 分钟。
6. 大蒜剁末；香菜切段；黄瓜稍微去皮后，拍破切成段。
7. 将木耳、黄瓜用蒜末、辣椒油、白糖、米醋、少半香菜和适量盐拌均匀后，垫在盘底。
8. 鸭胗放多半香菜拌匀后，放在黄瓜木耳上面，即可。

备注 木耳泡发不宜隔夜。

凉拌毛豆

材料 毛豆约 500 克、蒜泥半汤匙、八角 2 粒、植物油几滴、酱油
2 汤匙、醋 1 汤匙、白糖 1 茶匙、辣椒油 2 汤匙、芝麻油 1 汤匙、
鸡精 1 茶匙、盐适量。

做法 1. 毛豆冲洗后放入盐水中浸泡 10 分钟，捞出冲洗后剪掉两
头无豆部分。

2. 煮锅烧水，放八角煮开后放毛豆，撒少许盐、滴几滴植物
油，复开后煮约 10 分钟至熟透，过凉开水后，沥干。

3. 毛豆入大碗，调酱油、醋、白糖、芝麻油、蒜泥、辣椒油、
鸡精和适量盐拌匀，腌 2 小时以上。

备注 腌制过程中适时拌和，使味均匀，腌得越久则越入味。

椒麻猪耳

材料 鲜猪耳约 250 克、香葱约 50 克、鲜青花椒 5 克（可用红花椒代替）、生姜 1 块、八角 1 粒、高度白酒 1 汤匙、白醋 1 汤匙、酱油 1 汤匙、香醋 1/2 汤匙、香油 1 汤匙、盐适量。

做法
1. 将猪耳朵用夹子拔掉残毛。
2. 猪耳冷水入锅，放白醋和半汤匙高度白酒煮开后，余烫 1 分钟捞出，在流水下刮洗干净。
3. 香葱白和葱绿分开；姜切片；花椒去掉黑籽。
4. 煮锅放水，放葱白、姜片、八角，水开后放猪耳和剩下的白酒，转小火煮 35 分钟后关火，原汤浸泡至凉。
5. 猪耳将凉时，将葱绿和花椒置于案板，调适量盐，用刀剁成细泥入碗。
6. 往碗里冲入让葱椒泥呈粥状的开水，浸泡十分钟，成椒麻汁。
7. 猪耳切薄片后，调入椒麻汁、酱油、香醋、香油充分拌匀。

备注 椒麻汁用开水或滚汤浸泡十分钟，才能更好地析出椒麻味。

姜辣虎皮爪

材料 大鸡爪约500克、嫩姜约100克、干辣椒段1把、八角2粒、草果2粒（可用桂皮代替）、大蒜5瓣、酱油2汤匙、绍酒（黄酒1汤匙）、植物油600毫升（实耗约4汤匙）、白醋1汤匙、老抽几滴、盐适量。

做法

1. 鸡爪用清水漂去血水，剪掉趾甲。
2. 嫩姜切成小块；大蒜切丁或者剁末。
3. 锅中烧大量清水，水开后，放鸡爪和白醋，煮1分钟后捞出洗净，将水擦干，趁热均匀涂抹老抽。
4. 锅烧植物油，中火烧到六成热，盖上锅盖只留一条小缝，将鸡爪倒入，盖严盖子，以防油溅伤人。
5. 用手摇晃油锅，使鸡爪能均匀浸油。等锅中滑爆油发出响声时，揭开盖子，炸至皮紧发硬出纹，捞出沥油。
6. 锅中留2汤匙底油，用小火炒香干辣椒段、姜、蒜、八角、草果，放鸡爪。
7. 往锅里注入没过鸡爪的水或鲜汤，调入黄酒、酱油，中火烧开，加盖后小火焖30分钟。
8. 尝咸淡，调适量盐，用大火收汁即成。

备注 炸鸡爪时应做好防护，以免油溅伤人。

榨菜蒸排骨

材料 仔排约300克、姜丝1撮、原味榨菜1包约70克、酱油1汤匙、蚝油1汤匙、胡椒粉1/4茶匙、花生油1汤匙、黄酒1/2汤匙、生粉1/3汤匙、盐适量。

做法
1. 排骨冲洗干净，斩成小段入碗。
2. 加入酱油、蚝油、黄酒、胡椒粉、姜丝，充分抓匀。
3. 放入适量盐，再放生粉充分抓匀，最后放花生油抓匀。
4. 放入榨菜拌匀，腌20分钟以上。
5. 排骨入平盘平铺，入开水蒸锅，大火蒸15分钟，即可。

备注 蒸排骨会有很多水汽，若喜干爽口感，可用锡纸将盘子包住，延时蒸制。

芦笋虾仁

材料 芦笋约400克、大虾12个、生姜1大块、香葱白5根、大蒜3瓣、干辣椒5个、生粉1/2汤匙、黄酒1汤匙、蒸鱼豉油3汤匙、花生油4汤匙、盐适量。

做法
1. 姜切丝；葱白切长段；大蒜剁末；干辣椒切粗丝。
2. 大虾去壳，开背去掉虾肠后，冲洗至虾肉发白，捞出挤干水分。
3. 虾仁放黄酒和适量盐充分抓匀后，放生粉再次抓匀，腌20分钟。
4. 芦笋去老皮后，切成长段。
5. 锅里烧2升开水，调入适量盐，滴几滴任意植物油后，放芦笋煮断生后捞出装盘。
6. 接着放入虾仁，煮熟后捞出放在芦笋上。
7. 均匀淋上蒸鱼豉油后，依次放入姜丝、干辣椒丝和蒜末。
8. 锅热后放花生油，放葱白煎黄后夹出不要。
9. 将煎好的葱油均匀淋在作料上。

备注 腌虾仁时，若加入蛋清，再入冰箱冷藏一会儿，会更弹嫩。

响油秋葵

材料 秋葵约 150 克、大蒜 3 瓣、干辣椒 5 个、蒸鱼豉油 1 汤匙、蚝油 1 汤匙、花生油 2 汤匙、凉开水适量、盐适量。

做法
1. 大蒜拍破后切碎；干辣椒切粗丝，抖掉多余的辣椒籽。
2. 煮锅烧水，调少许盐，滴几滴任意植物油，水开后放秋葵煮 2 分钟后捞出，用凉开水过凉。
3. 将秋葵蒂切掉，再对剖成两半，叠铺装盘。
4. 小碗里放蒸鱼豉油、蚝油和适量盐，充分拌匀成味汁。
5. 将味汁均匀淋在秋葵上，再放大蒜和干辣椒。
6. 炒锅烧热花生油，微微冒青烟时，趁热从作料上淋下即可。

备注 余水时放适量盐和任意植物油，可保持秋葵的色泽。

蒸豇豆

材料　豇豆约250克、大蒜3瓣、面粉3汤匙、干辣椒5个（可不放）、辣椒油2汤匙、盐适量。

做法

1. 大蒜剁末；干辣椒切细；豇豆切成小段。
2. 豇豆里放一半大蒜末和适量盐，抓匀腌5分钟。
3. 取味碟，调适量盐、辣椒油和另一半大蒜末成蘸汁。
4. 腌好的豇豆放面粉抓匀。
5. 将豇豆入蒸笼或蒸格，上面点缀干辣椒。
6. 蒸锅烧开水，放豇豆大火蒸10分钟至熟，蘸汁而食。

备注　蒸豆角宜用蒸笼或蒸格，不建议用盘子（上下热气不均匀），较难熟透。

速腌小黄瓜

材料 小黄瓜 4 根约 400 克、柠檬半个、干辣椒 5 个、大蒜 3 瓣、香油 1 汤匙、盐适量。

做法
1. 将黄瓜切成 0.3 至 0.4 厘米厚的片；干辣椒切丝去籽；大蒜切末。
2. 将黄瓜片放入密封的大盒或袋子，调适量盐，密封好后摇晃 3 分钟。
3. 打开后放入大蒜和干辣椒，再次密封，摇晃 1 分钟。
4. 打开后往黄瓜里挤入柠檬汁，调入香油拌匀，即成。

备注 柠檬的果酸味比醋味更佳。

拌三样

材料 茄子 1 条约 150 克、皮蛋 2 个、香菇 6 朵、红辣椒 3 根、生姜 1 块、大蒜 2 瓣、白糖 1 茶匙、香菜 1 根、酱油 1 汤匙、香醋 1.5 汤匙、香油 1 汤匙、花椒油 1/2 汤匙、盐适量。

做法
1. 辣椒切粗丝；姜蒜切末；香菜切小节。
2. 蒸锅烧开水，放香菇和茄子蒸熟。
3. 将皮蛋切块入大容器，放姜和醋拌匀先腌片刻。
4. 炒锅不放油，将辣椒用小火焙至表皮断生起皱，加少许盐翻匀再焙片刻。
5. 将香菇切片、茄子切条后，同焙好的辣椒一起放进皮蛋中。
6. 调入酱油、香油、白糖、蒜末、花椒油和香菜拌匀，尝好咸淡即可。

备注 辣椒在锅中干焙后，加少许盐再焙一下，更入味好吃。

秋

卷

四 | 季 | 有 | 味

柔软深处的味道

　　沿着粗粝的石阶而下，一口陶铸大鼎底下跳动着橙红的火苗，风移火动，鼎盖的蒸汽将炖煮的食物幻化成仙。黄酒、酱油和香料浓缩的气味让我陶醉，直到穿现代厨袍的男子急促走来，我才从置身于华夏文明之初的错觉中清醒过来。

鼎内的红烧肉小心地咕噜着红亮的泡泡，像从泉眼喷出千年来永不枯竭的串串秘咒。它正吐纳苏东坡《猪肉颂》的精髓，小火慢炖，耐着性子等待时光消融原始的血腥，让时间逼出多余的肥腻。

小儿拳头大的肉块，被稻草十字捆扎，软糯的肉皮呈现轻微的褶皱。炖好的红烧肉，每一块都单独盛放于粗陶茶碗中，剪开久缚的稻草，皮糯肉香的柔软深处，肥瘦之间潜藏着草木层叠之气。这是一家专做复古菜肴的私房菜馆。那天，我着一条欧式过膝短裙，于当时的场景而言，极其违和。我嘴角残留一滴肉汁略带羞愧的颜色。

如果完美还原一碗东坡肉是可望而不可即之事，还有毛氏红烧肉可供追寻。

据说，在战争年代，毛泽东主席常通宵达旦工作，全靠偶尔一顿红烧肉来补充体力，缓解用脑过度的疲惫。有一阵子猪肉紧缺，卫士李银桥和警卫只得在山上打猎野猪。

新中国成立后，著名大厨程汝明被调到毛主席身边做厨师长。他精心烹饪了第一碗红烧肉，却并不被毛主席接受。原来，主席小时候曾见过酱油缸里生蛆虫的场景，故对一切的酱油制菜都敬谢不敏。程大厨得知内情后，炒出糖色代替酱油的色泽，又以盐调味。做出的红烧肉咸甜分明，有着光鲜的外表，也有质朴的内心，深得毛主席喜爱。

如今毛氏红烧肉遍布湖广各个湘菜餐厅，前几年，去湖南韶山瞻仰毛主席故居，去尝当地的红烧肉。景区餐厅几乎每家都以它为招牌菜。选了一家人气兴旺的地方坐下来，喝一杯大叶茶，准备提前打下失望的预防针。景区饮食向来是餐饮业的败笔，多少名品佳肴，到了这些地方，几乎都会走样。不管哪路游人，吃到这种敷衍的饮食，都不由生出"我与春风皆过客"的神伤。

陶钵盛放着棕红的肉块，干辣椒或落在缝隙，或躺于肉枕之上。这样的红烧肉上桌，惊得同行的伙伴面面相觑。他们都是常吃红烧肉的人，辣椒在红烧肉里来回穿行，还是头一回。每一块都是上层五花，黄棕交错，入口之后，先是腼腆的香辣，接踵而至的，是浓郁的酱香和酒精挥发后留下的甘腴。我问老板，主席的红烧肉也加辣椒吗？他说，作为毛主席的家乡人，辣椒已深入骨髓，在红烧肉里加入辣椒，也切入了口味的需要。这的确是别出心裁的红烧肉，与传统的咸甜相比，貌似乱了章法，实则辟出蹊径，与众不同。这是在景区难得吃到的令人回味的美食。

其实，这种辣味烧肉，也在川厨界播下火种。他们会将花椒和干辣椒炒香，复煸炖好的红烧肉。外皮紧致略带干香，内里柔软丰腴，麻辣憨厚的红烧肉，仿佛融入了川人的精明和灵巧。

人生况味各异，对于红烧肉的追求也不尽相同，像五花猪腩虽层层相连，却安守各自的阵地。有人住着豪华别墅，有人为了节省，甘愿在面包车里过着"穴居"生活。别墅里的人群，可能正在宽敞的厨房中来回踱步，看厨子举起一块顶级猪肉，吩咐他要用最好的酱油和美酒，最佳的盛放器皿。而"穴居"的人呢？他躲在城市僻静幽暗的路边，支起生锈的炭炉，在笨重的生铁锅里煨炖缓解疲劳的红烧肉。

我小心地经过，看车主打开简易的折叠桌，摆上菜板，让大葱和生姜完美地分身成段。他有熟练的刀功和对食材的审美，每块在锅里汆水的猪肉都方正统一。捞出的猪肉直接入锅，干炙，不久就嗞嗞地溢出热

油。猪肉四面都依次被煎得金黄，每换一次方向，都像
建筑群被推倒过后，又重新修建。直至每一面都具备阳
光的色泽，他才把碾碎的冰糖放入锅中，炒出棕红。姜、
葱、八角和桂皮，自然立即甩进锅中，快速翻炒，避免
糖色焦苦。猪肉快速披上一层晚霞，映红了他的眉宇，
又趁机淋入酱油，炝出酱香。可是，其他作料也按捺不

住地吹散自己的体香。一瓢没过猪肉的开水入锅，胡椒粉如脂粉扑洒，盖上锅盖，罩上煤炉的阀门，只留小小豁口。他说，等一个小时吧。

我调好时间，与他闲聊，有些激动地等他剪彩般揭开锅盖。那天是元宵节，烟花在远方的天空绚烂夺目，扑鼻的肉香入心蚀骨，我心中第一次生出繁华背后归于平淡的伤怀之美。

他的妻儿从家乡打来视频电话。他夹起的那块红烧肉，在屏幕前颤颤地抖动，像他体内火热跳动的心脏。他原本打算和家人在老家过完大年再出来揽活，可是老顾客临时有需要。他又说，早来一天，也可以多为家里赚一天的钱。这个精瘦得有些佝偻的中年男人，眼里闪动纯朴的光芒，让不远处的路灯黯然失色。

那天夜里，我脑海里始终萦绕着"补地漏，通下水道"的字样，那些文字延续着一个家庭的梦想。那一锅承接地气和人间冷暖的红烧肉，在我心里胜过无数山珍海味，一定是因为它那柔软的内里，溢出过希冀的泪花。

红烧牛肉面

在凤凰山半山腰瞭望达城，暮色滑过州河南岸的仿古建筑，辉煌而又迷离。新修的博物馆大气、沉稳、精巧，与周围的楼宇风格迥异，让人不禁陷入历史的遥想。一件文物从大地深处苏醒，蕴藏某个朝代的声音、文化和习俗，跨越千百年后，见到一张张陌生的面孔，彼此发出惊叹，隔着玻璃去慢慢理解和适应。

人类对于食物的适应，也需要过程，味觉的接受速度往往比思想认同的速度更快一些。但让人怀念的食物，其五味调和的舒适度，会让神经产生奇妙的安全感和依赖性。这时，人类不分性别，会展现出柔性的一面，生出一种幸福感。

我沉浸于一个有关宋代面碗的遐想，推度古人是以何种装束、哪种姿势和气韵将面条盛入碗中，食之，朴素地生活，生生不息地养育子子孙孙，不断启迪他们的智慧，才有了如今翻天覆地的变化。大哥突然从城里打来电话，像一碗面条里熟悉的作料被我感知出来，有不可名状的亲切。他说，你难得回来，必须下山一起吃顿晚饭。

对于有点"社恐"的人而言，我想见的或想见我的人，并不太多，吃什么也不重要。大家在乎的是随着境遇和容颜的改变，还没有分道扬镳，仍有思想可以碰撞。

我和大哥在三圣宫会合，缓步行至荷叶街，试图去寻找二十多年前的那碗红烧牛肉面。在不曾共生的时空里，脚下的街道可能经过数次翻新，店铺的门楣、柜台，以及所售的品种都更迭了很多代。那家老面馆的存在更像一种家风，让街道除了在荏苒岁月中保留名字之外，也稳住这里的底蕴。

一勺勺骨汤冲淋葱花时散发的荤香穿透店堂，牛肉、肥肠和杂酱臊子的暖色调让白净的面条呈现油画般的质感。那些大块的棕红牛肉是后羿还没射完的太阳吗？它们炽烈地燃烧整个海面，让漂浮的红油如海水般熠熠生辉，散落的香菜和葱花就成了绿岛和椰林。柳叶面条如海鳗游

入口腔，还是熟悉的味道，牛肉依旧醇厚筋道，汤头香浓适口，面条轻薄柔韧，吸饱各种味道，流露款款深情。又觉得这里发生了某些改变，挑面人换了性别，收款者已是第二代。庆幸的是，他们恪守着前人的习惯——对汤头熬制、煮面火候以及牛肉烧制方法的讲究，保持恒久的一致性。

我因担心长胖，没有将面条吃完。大哥看着九十斤左右的我，关爱地责备。我说，临近中年，莫名地生出容貌焦虑，对衰老和皱纹不能坦然面对，对臃肿和松垮产生某种恐惧。很多时候，让人难以理解的克制，无形中形成某些隔膜，让我置身于脱离大众的孤独。

一碗牛肉面也有它的克制。在辣味选择、调料种类以及形状讲究上，多少都有克制。你也难免吃到一碗并不可口的红烧牛肉面，淡薄的汤头，寡味的面条，上面羞涩地浮着细碎的牛肉粒。整个食用过程，牙齿变得克制，胃肠蠕动也变得克制。对这样的牛肉面，我们感喟沮丧，只得将就地用它应付饥饿。

有时，不想被外界支配，我们亲自来做一碗红烧牛肉面。

卸下一头草原牛的牛肋条或者牛腿肉，像饮酒放歌的牧人一般把它切成豪放的方块，在清水里简单汆过捞起。热锅燎去菜油的生味，让牛油渐渐融化，牛肉入锅慢慢散掉水汽。高度白酒和生姜会缓和牛肉的膻气，豆瓣、糍粑辣椒和酱油使它上色，葱段、八角、草果、桂皮和豆蔻为其增香。它的粗犷变成一种气势，在漫过它的水中焖透变软的间隙，无形中奠定了整碗面条的基调。如果你觉得这过程有些烦琐，准备的食材过于繁杂，那就买一袋清油火锅底料，将它和姜葱炒香之后，倒入酱油，注入适量清水或肉汤，把余水的牛肉块放进去，在高压锅中快速压好。面碗里准备蒜泥、酱油、盐、鸡精、辣椒油、胡椒粉和葱花，冲入滚烫的面汤或大骨汤，再将煮好的面条挑在碗里，放入红烧牛肉，淋些烧牛肉的原汤，撒上香菜，就是一碗自给自足的川味红烧牛肉面了。

对食物的克制，也有其他的呈现方式。比如我们熟悉的速食红烧牛肉面，就普通人而言，不用操心食材和搭配，对火候和手艺亦无要求，谁都能轻易地按说明在短时间内泡出同样的味道。干脆的油炸面饼在滚水里回软、散开、还魂，数十种调料浓缩成的小小料包又瞬间让白水变成浓汤，还有烘干的牛肉碎和胡萝卜迸发特殊的力量，让一碗速食红烧牛肉面在许多人的记忆里留下难以忘怀的刺激和快感。这是对于时间设定和地域选择上的克制。

等到年岁渐老，对命数和余下的时光更添敬畏，会克制自己胡乱挥霍，不得轻易怠慢匆匆岁月。除了亲自用心做一碗红烧牛肉面，也会在店里投入地享用别人做得出色的那一份。这种刻意留住时光、放大享受的缓慢过程，是身体机能对生活的自然适应，也是对余下人生容易餍足的期许。

锅魁①

　　当我们的味觉像灵魂一样，在这个纷扰的世界里逐渐变得麻木之时，一盘山珍海味，可能不及一款小吃，更能唤起一个人对于现实的兴趣。一个白面锅魁的坚强和温暖，足以容下一碗凉粉冰冷的心，使人们在冷热交替之间，像尝尽人间冷暖后，悟出一个深邃的哲理，生出饱满的喜悦。

　　白面锅魁的做法并无新奇，待面团半发酵之后，做成生坯，在平锅内干烙出花斑，再入炉内烤制。白色的面坯在热情的激化下，开始慢慢舒展，面团里每个细胞

————————

①锅魁，即锅盔。

都觉醒了，有了支撑自己的独立形态，让原本扁平的面坯，有了海纳百川的大肚；让麦子的香甜，生出旷野的悠远。烤好的锅魁，只需用尖刀轻轻一划，就能装下各种想要尝试的馅儿。

当一些外在的皮囊无法用肉眼和味觉去辨别它们的优劣，腹中的馅儿就成了一个锅魁脱颖而出的内核。记得有一年，于滨河路闲逛之时，在一个流动摊贩那里吃到过一个凉面锅魁。它个头较小，表皮酥脆，夹着的凉面与海带丝分量均等，蒜泥、辣椒油、白糖、酱油、香醋与盐的调配相得益彰，没有哪种味道喧宾夺主，它们合力为一款极为普通的小吃捧出了炫目的火焰。白面锅魁和凉面，都是碳水化合物，但两者巧妙结合，使一粒麦子一生的故事有了更丰富的可塑性。

接近午饭时分，文殊院附近的某招牌锅魁店前，人们已经排起了长龙，很多外地游客慕名而来。除了传统的凉粉、凉面锅魁，还有卤牛肉、三丝、猪冲嘴等配菜。有游客问我冲嘴是什么，我说就是猪嘴巴。她又问我夹凉粉好吃吗？我说这个天气吃凉粉，还要看个人能不能受凉。她说在他们那里凉粉要吃热的。后来，她尝试了从未吃过的猪冲嘴，还有我推荐的红糖锅魁。

据说成都本地人对红糖锅魁有一种特殊的情结。锅魁里的红糖，经过高温烘烤后，化成滚烫的糖浆，轻轻咬上一口，便爽直地流到手背上，甚而流到手肘处，为了不浪费这一丝焦甜的滋味，有人会用舌头去舔。这样一来，手里的锅魁又腾空在后背上方，汁液流出，又会烫到背部。烫手又烫背，是很多人儿时留下的甜蜜烙印。

而我则选择了向来爱吃的三丝为馅儿。只可惜，白面锅魁第一口的绵实与黏牙，瞬间降低了我对它的好感，而胡萝卜、莴笋丝和海带丝拌和的寡味与淡薄，也未能弥补前者的遗憾。这并不算一款合格的锅魁。盛名之下，其实难副。或许那只是一次偶尔的失误，但每天面对成百上千个期盼的胃囊，在不求日新月异的情况下，对火候以及五味调和配比的精准掌控，是一家老店应秉持的信念。

南充方酥锅魁，形似方形口袋，皮薄起酥，不用刀划，就已中空，表皮上密密麻麻的芝麻在温度和时间的催化下，入口即香成一片汪洋。方锅魁同白面锅魁一样，可夹凉粉、凉面，或者其他。

军屯锅魁则是一款高热量的煎制小吃。发源于军乐镇的"军屯锅魁"，与新都区军屯村无丝毫关系。据说，三国时期，镇西大将军姜维镇守边关，曾率部在彭州军乐镇、马牧河一带休养屯垦，牧马练兵巡逻，"军屯"由此而得名。白面锅魁是适合外出行军操练时携带的饱腹干粮，食之无味只为充饥，后来又加椒盐调味，提升口感，增进食欲，无形中提振了士气。

军屯锅魁从 20 世纪 60 年代风靡至今，已经有了白糖、红糖、牛肉、猪肉等味型，以满足不同食客的需求。其做法大同小异，区别在于面粉的选用、肉馅肥瘦的配比，以及水温与气温调适的掌握不同，以形成口感上的差别。据说，只有军乐镇的师傅才能把一个比别处更加厚重的锅魁，做得香酥味美。

军乐镇集市上的银奖蔡锅魁，店内站了一排做锅魁的师傅，他们多是自外地来学习锅魁制作手艺的。与少油干煎的军屯锅魁不同，这家锅魁用的菜油相对较多。锅魁师傅手里的一根檊面杖敲得震天响，将一团

面擀成长条，然后将肉馅如生活里的琐事一般，均匀地铺在上面，顺势整理，做成面墩。由于面团本身没有味道，肉馅儿少饼则淡，而过多，在按压时又容易撑破面皮，煎烤后会出现焦煳。就像日常生活中，可以有琐碎的不满或者埋怨，但切忌整日唠叨。继而再次擀压拉长，铺馅儿、卷制，按压成生坯，沾上芝麻，这才入菜油中煎得两面酥黄。传统的肉馅儿，多用花椒、盐和葱姜水调味。优质的花椒一定要当日现磨，才能完全释放它的香麻。

无论哪种军屯锅魁，煎好后都需要重新夹到炉内直立放置，再次加热，如同一段理想的感情，需要用理性去回炉，逼出多余的油腻，烘烤出成熟的内心，才不会生出外表光鲜腹中夹生的遗憾。

一公里以外，马路边上的金奖潘锅魁，两位硬汉也正在来往车辆的嘈杂声中，安静地制作一种定制的小锅魁，它们往往只充当饭前或饭后的小点心。金锅魁采用高筋面粉与老面混合，用温水发酵，以使面团软硬适度、张拉柔韧。话不能说得太满，面不可全发，不留想象空间，只会使一个香酥的锅魁变成松软的发面馅饼。

　　如果说银锅魁的外酥里嫩，是老板娘引以为傲的独特滋味；那么金锅魁硬朗刚劲的口感，可能更受男性朋友的青睐。作为女性，我更偏好表皮酥得讨巧，内里香软的银锅魁。很多刻骨的爱情，往往不能奢求情比金坚，那些幸福的回忆里，却似有银的隐忍与柔情。

滚滚而来是土豆

　　土豆是外来菜，也称"洋芋"。发芽的土豆，含有龙葵素，食用有毒，种土豆却全靠这芽。留种的土豆，芽头往往较长，表皮色暗而皱，像劳作之后打盹的老妪。用小刀一块块分好有芽的土豆，奶奶总是习惯在腊月里将它们栽下，到开春时，看似荒芜的土地，就会在她的瞳孔里迎风扇动绿色的翅膀。

　　跟叶子相比，土豆花显得尤其小巧，以白花黄蕊居多，偶尔看到紫色花朵，就无端地荡漾出阵阵浪漫。2009 年，我有幸参观了一个土豆种植基地，紫、黄、绿织成锦绣，一望无际。花瓣在蜜蜂的足下颤动，似乎

在密谋一桩桩大事。待土豆秧子发黄之时，成熟的土豆就携着沙软，滚滚而来。

原始，意味着尝到食物的本味，更加接近生命的本体。适逢去郊外野炊，用石头简易地垒起灶台，架上柴火起锅煮饭或者烧菜。在热而不旺的柴灰堆里，埋上几个土豆，它原本坚硬冷淡的内心，会因热量的驱使，煨出热恋般的温柔。撕开被烤得有些发黑的表皮，晶莹细微的颗粒，呈现出金属般的光泽。

有年秋天，在宁夏固原，一大盘热气腾腾的蒸土豆收获了不少赞誉。本地土豆洗净后，直接上锅蒸熟，由我们自己剥皮而食。香而粉的土豆，带着一丝回甜，就像感受到黄河迂迂回回，在原州境内，以清水河这条分支为立足点，吐露一位母亲牵肠挂肚的感情。

土豆所呈现出的口感和色泽，多依品种决定。一盘青椒炒土豆丝的清脆，并不全靠烹饪者对于火候的掌控，白心土豆与黄心土豆炒出来的土豆丝，味道绝对不同。土豆中淀粉含量较高，在炒制之前，将土豆丝清洗，用净水浸泡，滴几滴白醋，会更加爽脆。

五花肉切细条，煎出油脂，用黄酒略炒，放上干红辣椒炒香后，再加入大量的大葱白、姜蒜，下入土豆丝，并以五香粉、酱油和适量盐调味。升级的"外婆土豆丝"，像是为素菜做加法，也像是节日里儿孙绕膝的老者，于寡淡的晚年生活中，突然涌进了丰沛的感情。

父亲常常视土豆为案板上最有趣的雕琢对象。土豆片在腊肉里小火焖烧，让土豆刚从泥土里携带的新鲜，有了时间陈酿的绵长。泡辣椒，是开胃的引子，温顺的土豆在酸辣的诱惑下，风情万种，让一碗白米饭心旌荡漾。在都江堰参观完李冰的伟大水利工程之后，父亲顺道在一家餐馆里学会了"爆炸土豆"。切成锯齿状的土豆条，因油炸之前扑了一层干淀粉，经小火初炸至熟，再到大火至脆，一入口就会引发从口腔到耳根的爆裂声响。这种外人根本觉察不到的听觉体验，像一个土豆在黑暗的长眠中悄悄长大，刚刚睁开眼睛，就打了一连串觉醒的哈欠。

比鹌鹑蛋稍大的小土豆价格往往更高，是"吾家有女初长成"，川东人叫"洋芋果儿"。洋芋果儿买回家，可用盐水煮熟，直接当作主食吃。也可撕掉熟洋芋果儿蚕丝般的外衣，热锅温油，炒香豆瓣和姜蒜，将它放进去中小火炒至入味，起锅前加少许鸡精和蒜苗炒匀。在新鲜小土豆于菜市场热闹聚集的那段日子，很多家庭常常煮一锅大米稀饭，只等这样一盆红烧小土豆，散发小太阳似的能量，为一碗稀饭增添光辉。

蒸熟的小土豆轻轻压扁，却不能使它分裂，再入浅油中煎至两面金黄后盛出。然后用底油炒香肉末，滴黄酒，同样煎出油脂，下姜蒜末和青红辣椒炒香，再放入煎好的土豆，调酱油和适量盐翻炒入味。起锅前，用一勺孜然粉和一把葱花，增加它类似烧烤的风味。这就是"胡同土豆"，通过改变形体和气味，途经深邃的巷子，在安静与荒凉中左冲右突，攀上了味觉的新阶梯。

儿子尚属幼龄，我给他做土豆，多将土豆蒸熟捣泥，与少量蛋清和淀粉相揉，取适量泥团，包上芝士，拖蛋糊，外裹面包糠，用烤箱烘熟。酥脆的外皮，让他沉浸于齿间的奇妙，而拉丝的芝士，使指尖有了拨弄的乐趣，其中富含的钙质，也是他成长中不可缺少的元素。父母深沉的爱，往往能把坚硬的沙砾变成沃土，让孩子尽可能地在良好的环境中苗壮成长。

松弛的河蟹

儿子看完一本自然书，跑到厨房兴冲冲地说，河蟹是陆地上的坦克，也是水里的潜水艇。那语气和神情，全然不像我们儿时，因听了关于白素贞与许仙的传说后，真以为蟹肚里藏着那个导致一家人骨肉分离的法海，而多少对它有些厌恶。

在沟渠或石头底下，并不轻易地捉到一只狡猾的河蟹，回家便用长绳系住前螯，放牛般拖着它到处疯跑。

它步足上野兽般的刚毛，会慢慢裹满尘土，像刚刚才从泥坑爬出来。有时，索性将它悬在空中，绳子在手里如跳绳般旋舞，想必法海已觉天旋地转、翻江倒海才肯罢手。愈见它怒睁一对纵目，气鼓鼓地吐出泡泡，我们愈有为白素贞报仇雪恨的快感。

故乡人并不以食河蟹为乐趣。"一堆光壳壳，有啥子吃头？"劳动人民对于美味之物，向来有自己的判断标准。所谓"穷人"饮食，即是平民美食，往往兼具提振食欲的功能性和摄入时的便捷性，蛋白质和热量最好能快速抵达胃部，以节省更多的时间用以劳作。像清蒸河蟹这种"费力不讨好"的"文吃"饮食，几乎能为它开辟一条免死通道。文吃，释放着生活的松弛度；而武吃，则有时间的紧迫感。

到城里念初中，见邻居用"武吃"结束了一盆河蟹的特殊待遇。那时，州河流经的罐头厂一段，两岸还未修筑堤岸，贩鸡的穆大叔常抽空去河边捉蟹。有石缝抓的，也有洞里掏的，有一回冷不防还摸到了蛇洞。他将装蟹的麻袋往楼道灶台一放，惊魂未定地擦着鬓间的汗水，"妈吔，差点就背时了，肉冷冷的。"又转身进屋灌一大口白酒，急步出来花洒状喷淋到麻袋里，他胸前明显的起伏才平息下来。一只只河蟹被他果决地斩成四块，继而投入烧热的油锅，炸得蟹壳由浅变深，再由深变浅。又用底油炒香花椒、辣椒、姜、蒜和豆瓣酱，将炸好的河蟹加白酒、酱油和食盐猛炒一阵。蟹肉麻辣，蟹足几乎被炸得焦脆，有时连壳带肉一起用牙齿碾碎，有种与炸竹虫类似的特殊野味。

临近中年，我才第一次闲下心来，抛开火急火燎的"穷人"思维，去了解一只河蟹最真实的面目。往水槽里淋入的高度白酒使大闸蟹行动变得迟缓，神情出现疲态，这正好迎合蒸锅里已经欢欣鼓舞的开水。将蟹捉到蒸屉，用盖子快速捂住它前几秒的挣扎和煎熬，俨然有白素贞被法海打入雷峰塔后，大门紧闭那一刹那的绝情。蒸十分钟，调好姜醋汁，我像一个解剖学的实习生，用一把剪刀，严谨地应对每个部位和关节。

说到底，吃清蒸河蟹，是用耐心和细致，一点点去瓦解它生前的急躁与蛮横。它铁青的脸色被蒸汽高频率、高密度碰撞成了橙红。凿开它身体厚厚的城墙，那毕生凝结的蟹膏如玛瑙般莹润，略显纤细的步足，也都积攒着精纯的白雪。比起油炸蟹肉的紧实，清蒸蟹肉呈现出类似虚无的松散质感。蘸过了姜醋汁，甘滑和鲜甜在舌尖交融，才理解到古人嗜蟹的来由。

宋人尤爱食蟹。那时有专门捞蟹的产业，官府会对捕捞者收取相应税收。每到秋季，许多文人雅士爱温一壶黄酒，慢慢细品一只螃蟹。酒的温热可以中和蟹肉的寒凉。这种生活上的松弛感，也让许多河蟹远足到未知的地方。蟹贩用湿毛巾将河蟹包裹，保持它身体的湿润，延长它的寿命。

或许，也是出于尊重一只蟹从田间河流，辗转到贩夫走卒间的辛劳跋涉，更让吃蟹变成了庄重的仪式。在明代，人们还发明了专用的"蟹八件"：剔凳、腰圆锤、长柄斧、长柄叉、圆头剪、镊子、刮刀、长柄勺。剔凳相当于操作台；腰圆锤轻轻在背壳边缘用力，能将蟹壳敲松；圆头剪可以剪下蟹腿、蟹螯和蟹身；长柄斧能掀开背壳和肚脐；镊子取出蟹心；刮刀剔除蟹肺，刮取蟹肉；长柄勺刮下蟹膏和蟹黄，直接送入嘴中；而长柄叉可以将蟹脚中的肉轻松取出。食者正襟危坐，用敏感又闲适的舌头，专注地解析一只河蟹的前世今生。

对于像我这样习惯于"武吃"的人而言，明人的"文吃"让人产生莫名的焦虑。一只清蒸河蟹被各种工具拆解，直至剩下空洞的躯壳，这漫长的时间，够庄稼人割几捆麦子、挖几筐土豆，也够外卖员送几单餐食，网约车司机拉几趟乘客了。鸡鸣、犬吠，车轮的转动和交通灯的闪烁，都传递出生活的紧迫感。

想来其实略有遗憾。当我唯一一次把自己放空，与一只清蒸蟹产生从未有过的心灵契合时，却抵不过身体的默默对抗。那天半夜，我的脚趾先开始痛，继而脚心和足底歇斯底里地持续瘙痒，几乎无法入眠。也是这只松弛的河蟹，让我明白身体一旦对某些食物出现排斥，就预示着岁月已经拉动了衰老的风箱。

面鱼儿

　　面鱼儿不是鱼。在川东地区，任何一种蔬菜都可能成为支撑它的骨架，比如土豆条、芹菜叶子之类，被挂壁的面粉糊所依附，再扔进滚热的油锅中炸制。那些褪去锋芒的麦子，经研磨分身，后又融合，再经热力驱使，就长成了面鱼儿的肉身。

　　土豆和胡萝卜炸成的面鱼儿，往往张牙舞爪，表皮金黄酥脆，内里柔软，一经入口，神经就感受到高热量食物带给人的快感。由软叶炸成的面鱼儿，如果面糊调得并不厚重，轻盈的表皮就黄中带绿，叶片若隐若现，裸露的部分还会被炸得焦脆，舌头只一抵，便在唇边粉碎掉渣了。

　　农忙时节，大人的双脚挂着黏稠的稀泥，他们小心翼翼地将秧苗摁进田里，秧苗在手中向两边弧形地冒出嫩芽，像张开了惺忪的睡眼。奶奶在准备过午的饮食，土豆条挂着面糊被勺子推入油锅，稀软的面就慢慢地长出了手脚。午食一般都会有一碗炒米糖开水，几碟诸如腊心腊肝做成的小凉菜。他们坐定后，最期待的便是刚

刚从油锅里捞出来，能在口腔里奏起乐章的面鱼儿。这种额外的官能体验，使世世代代传下来的农事，由一种单纯的繁重体力劳动，变成了对于身体消耗的精神奖赏。

有一种面鱼儿，因为气味浓烈特殊，如马桩般长久地拴住我对于油炸食物的偏好，如果夸张一些，便觉它像轰轰烈烈的感情，在食海里掀起惊心动魄的巨浪。从食物延伸到情感，人类亿万年的进化里，谁能逃过七情六欲？

十几年前，到复兴镇的同学家做客。他家屋旁栽有好几棵花椒树，树上长满密密麻麻的细刺，当然也结满了细小的绿籽。花椒叶呢，已然褪去春天的稚嫩，又还没有进入暮年那种老陈和腐朽。同学扯了一片叶子递给我，说此刻吃它正是时候。我将信将疑地拿在手里，从叶片撕开的裂口处，一股香麻猛然钻进大脑，像深山里谁刚刚敲过一阵钟声。

他帮着母亲在大碗里放面粉，掺清水，调上食盐均匀地搅拌过后，又静置了好一阵子。我将木柴塞进灶孔，锅里的土菜油阵阵飘香。他又用筷子将花椒叶浸到面粉糊里拨散，尽量使每一片都披上一层外衣，再一片片投入油锅。稀软的面糊遇上热油，慢慢挺直腰身，再到完全定型。另一个同学便用筷子去触碰、翻转，瞧它们游鱼般涌动。第一遍用中小火炸断生捞出，复开大火，重新将面鱼儿入油锅炸脆。香麻的花椒叶，比花椒粒更早地触动我的神经，仿佛再强烈的刺激也变得云淡风轻。对于这种简单的乡间饮食，如果要说上一句土味情话，那多半会被长辈们笑话，癞疙宝（癞蛤蟆）爬花椒树——不怕麻嘎嘎，也就是肉麻。

然而，很多时候，我们信誓旦旦下的决心和做出的表态，往往就在不久的将来，由自己推翻。就像遇到薄荷面鱼儿之后，花椒叶在心中的地位，就无形地动摇了。见异思迁是人类的一种劣根性，但它同时也推动着人类朝着更广阔的地方，去发现，去挖掘。

薄荷提神醒脑，带着彻骨的凉意，它曾经繁茂地生长在我的童年。多少个疲倦和困顿的放学路上，会因为嗅它一口，从而振作精神。只需轻揉过后将它放在鼻尖，就能把十几里的山路一点点地缩短。直到走进家门，才将它放进嘴里，咀嚼透心的冰凉，从喉咙到胃肠，乃至所有毛孔，仿佛浸出了簌簌的雪粒。

许多年以后，家里开了农家乐，父亲在一簇灯笼花的旁边栽了好些薄荷，父亲管它叫"鱼香"。农家乐，有农为家，以农为乐，农家乐的伙食自然离不开"土"。父亲说鱼香很土，用鱼香炸面鱼儿，让人入口就能体验到炽热的情绪里，有种惬意和镇定，它在嘴里不断泛着地气，就连回味，都含着溪水的甘洌和润泽。当身体焦渴，精神飘离，一些浮躁就会变成戾气，鱼香是治愈心浮的良药。那些在钢筋水泥里打拼的城里人，一到周末的午后，便会暂时离开麻将桌，果断地推开我的厨房门，并吩咐说"稀饭，凉面，鱼香面鱼儿"。以至于当薄荷过季多日，铁锅深处都还带有独特的芳香。

我家的厨师是一个胖胖的小伙子，他属虎，恰巧还长着两颗虎牙，笑的时候两个酒窝可装上两只鱼眼。有一天，他喜出望外地对我说，他研究出了一种炸出来很泡的面鱼儿。达州话里，"泡"就是蓬松。我也才知道，面鱼儿泡不泡，不只跟面粉筋道程度有关，调剂的东西对它也有影响。只见他往面粉糊里倒了好些啤酒，细致地搅打，然后盖上湿布，稍微发酵。当我们再次把面糊舀到油锅时，面鱼儿不但胀发得更大，表面还起了细小的皱褶，像胖乎乎的毛毛虫，咀嚼起来，别有一番绵软和弹牙。

记忆有时会选择性地蒙蔽一些真相，无论它出于何种目的和原因。前几天，当我在一家乡村饭店看到九大碗的时候，才猛然间想起，有一种面鱼儿是有鱼的。鱼是比虾米大不了多少的猫猫鱼，或是小咸鱼干，面是粗米面，用花椒粉、辣椒粉、食盐和味精调味。刚炸好的面鱼儿能在嘴里咬得嘎嘣直响，舌尖往往留下腥香和麻弹，待完全冷却之后，便又硬又绵，味同嚼蜡。每回逢上红白喜事，只要席上有油炸鱼儿，奶奶便会用一张报纸重三叠四地打好"扎包"，回到家后欣喜地在我眼前摊开。那些打包的扣肉和头碗，总是在锅里蒸了又蒸，重复着沉稳的脂香，那金黄的面鱼儿，常常在滚油锅里，被复炸出生铁般坚硬的焦香。

在童年记忆的海域，每一条油炸面鱼儿，似乎都在期待中浸进了一些苦涩的盐粒，那些缓慢游动的成长过程，也同时被倾注了无法替代的关爱和温情。

奶茶

　　秋冬的早晨，往往从煮一锅温暖浓醇的奶茶开始。炉灶上的蓝色火苗有拂晓时的震颤，也有燃尽周围湿冷后小小的愉悦。

　　我煮奶茶的习惯，很大程度上是受一个内蒙古朋友的影响。做客时，我见他仪式般站在一口奶锅前，静静守候半锅牛奶从静止到喧腾的转变过程。红茶包在小火熬煮的牛奶中轻轻晃动，茶香开始探入他的鼻子，蒸腾的热气也攀缘至他的眼镜。他扶了扶镜框，放几块冰糖入锅，又用勺轻缓地搅动。将茶汤扬起时，偶尔闭目片刻，如同享受沐浴一般。这种用纯奶熬制的家庭奶茶，甘滑香浓，能激活每个冻僵的细胞。

见我实在喜欢，他索性送我一罐大红袍，并详细交代煮制方法。我在家多次尝试，却怎么也煮不出那种味道。于是，对于食材与不同人碰撞出的不同气质，深有所悟。正是由于这些不同，才会产生清晰的辨识度。习惯打破藩篱、勇于试错，可以试着用其他茶叶和牛奶搭配，在重复中找寻并不重复的滋味。

人与人之间存在借鉴和模仿，人与动物，人与自然都是天地循环之中，互相影响并不断进化的结果。就像人类从逐草而迁的动物那里得到启示，开始游牧生活。而奶茶，是游牧民族不可或缺的食物之一，自元朝起开始传遍世界各地。

用砖茶熬制，加盐和鲜奶的咸味草原奶茶，是所有奶茶的鼻祖。自制时，将青砖茶分成小片，封入茶包，扔进煮沸的锅中，中火煮十分钟。茶汤浓郁时，弃茶包不要，加入盐、奶油以及少量酥油，小火熬制。其间可小幅度舀起茶汤再倒入锅中，名曰"扬沸"。当奶油和酥油全部融化，可慢慢加入鲜牛奶，并不时扬沸。扬沸能适当降低茶汤的温度，也可使各种味道深度融合。等茶汤香浓，加入炒米提香，再略煮关火。喝蒙古咸奶茶，可配上各色小食，比如牛肉干、炸猫耳朵之类。在内蒙古，咸奶茶并不是人们生活里锦上添花的饮品，而是同主食一般功不可没的营养品。

清代美食家袁枚一直认为，茶贵清雅，熬茶则苦如药、色如血，非常俗气。然而，我们的味觉已然演变到了大多数人都能接受甘与苦的自我解体再进行重组与融合的程度。我们的舌头，也并不介意在一阵暖意的驱动下，用奶汁的乳白，去降服一片叶子经过发酵后的张扬，让一锅看似有些妖艳的褐红茶汁，有了阳光折射后的静雅。奶茶，是我们这代未经历太多岁月磨难的人，从长辈那里听到某些艰辛的往事时所能感受到的隐约苦意。

单位附近的奶茶店，总挂着"丝袜奶茶"几个大字的招牌。每回经过时，内心都被裹在女人大腿上的丝袜与饮在嘴里的茶水结合而产生的别扭所占据。它也完全击退了我原本对新事物的强烈好奇心。直到有一天，在同事送来的丝袜奶茶里，我尝到它香醇之余那让心柔化的丝滑，才放下了对它的偏见。

丝袜奶茶跟丝袜有关吗？有一种说法是，最开始的茶汤确实是用丝袜过滤，后来慢慢改用特制的白布袋和尼龙网。另一种说法是，白色的棉纱茶袋，由于过滤红茶的次数增多，其形状和颜色变得如女人的肉色丝袜一般。一些干重体力活的工人，就笑称来一杯丝袜，久而久之，丝袜奶茶的名声就传开来了。

丝袜奶茶选用锡兰红茶，将茶叶放入尼龙网内，把网浸入巨型水煲，并用钩子将网固定在水煲边缘。茶焖在茶煲内数分钟为"焗茶"，再倒至另一茶壶，来回重复数次，叫"拉茶"，也称"撞茶"。"一冲、二焗、三撞、四回温"，是做丝袜奶茶的要领。这里面的"拉茶"，与内

蒙古咸奶茶里的"扬沸"有异曲同工之妙。好喝的丝袜奶茶，一般会先将一份黑白淡奶入杯，冲入滤好的三份红茶汤。再根据口味，加入适量白糖。

冰奶茶，则是暑天里提神降暑的妙品。等熬好的奶茶放凉后，加入冰块，让茶的香气与糖的甜蜜保持稳定，让暑气外泄的内心迅速得到收敛。如果还有兴致，加一些黑珍珠入内，便是珍珠奶茶了。

熬茶前，做好奶茶珍珠，用不完可冷冻保存，下回只需稍煮即成。用黑糖或者红糖煮水，加木薯淀粉趁热揉成团，分小块搓成条，切成小段，搓成圆珠。搓珍珠毫无技术含量，但又消磨时间的工序，最适宜打发百无聊赖和心情沮丧的日子。偶然一次，木薯淀粉用光，粉团又略稀，便尝试放些糯米粉作为补充，没想到做出的奶茶珠珠除了弹牙，更有无以言表的特别口感。

这么多年来，发现自己最喜欢全脂牛奶和金骏眉红茶熬制的冰奶茶，牛奶的醇厚与金骏眉的独特香气契合而不做作，仿佛每次入口，都是温热的身体与清幽的茶山和辽阔的草原怎么都续不完的前缘。

关于虾

　　生于鱼米之乡的家属问我，小时候吃过鱼没有。我说没有，井里没有鱼。他又问我，吃过虾没。我说没有，井里没有虾。

　　听起来匪夷所思，我的幼年食谱里居然没有鱼虾。我的祖先世世代代在山沟里生活，用一个姓氏在祖谱上写出十八九代，将房子修在四面八方，把土地买到七村八寨。而到我的出生地，没有一个池塘，更无一座水库。

我们喝着从岩缝里流出来的山泉，几户居民共用一口水井。也会在山坡上用竹节拼成一根导流管，将水引进自家的水缸。涓涓细流，源源不断地为山沟注入新鲜的血液。

其实，鱼肯定吃过，但必须到十几里外的集市去买。每年秧田放水之时，也能在水沟里见到虾。应该说，叫虾仔更合适。细小的虾仔装进玻璃瓶，在并不太清澈的水里来回穿梭。虾仔成了我的宠物。

一只虾带着它两支坚挺的长枪，刺出水的柔波，两根浪漫的长须拖出一条河的曲折。

一只大虾，无论生于淡水还是海水，除去头部和硬壳，剩下的肉，重量几近只剩一半。料酒和姜葱在开水锅里翻滚出的辛辣，如浪潮褪去一只虾的腥气。一只虾翻转它丰腴的身段，青白的外衣最终鼓胀成坚硬的粉红铠甲。白灼虾，以最简单质朴的方式，结束了一段在水里游走的奇幻旅程。

葱姜汁、酱醋，都可以成为与白灼虾匹配的蘸汁。味蕾的感受，之于情感的喜好一样，个中滋味，因人而异。而舌尖上泛起的爱恨，会激起心间每一次细微的触动。

吃白灼虾时，需要一双灵巧、勤劳的双手，吃虾滑或者虾丸则不用。虾肉在搅拌机里百转千回地冲刺与旋转，虾仁在刀背下千百万次地震颤，都只为我们所感受到的弹牙或者软糯，呈现出合格的虾胶。

去壳是做虾胶的前提。鲜活的大虾较难去壳，依然跳动的身躯，壳肉相连，缠缠绵绵。指尖那一段于心不忍的犹豫和迟疑，要交给冰箱去封存。将活虾放入冷冻室，约二十分钟后，虾的记忆在冰点永生，壳肉任人轻松摆弄。

虾饺可用虾仁，亦可用虾胶。虾胶里掺进熟淮山的天然软糯和黏性，缓和了虾肉作为饺子馅过硬的质感，即使不用鸡蛋清，也能柔和地散落在我们的口腔。再来一点朴素的白萝卜碎，拉近土地与水域的距离。汆水后变软的白萝卜，凭借自身携带的水分和清甘，巧妙地解决了肉食所固化的荤腻。

水煮，拌食，清蒸，不同吃法，饺子的包法也有区别。水煮和拌食，大致相同，折合处交拢，随捏即成。蒸饺，多为柳叶或月牙形。蘸料，可以用辣椒油、酱醋和蒜泥，也可以用冷开水或者香油稀释芝麻酱，加盐调味。

很多次，我明明看见饺子皮在自己左右手晃动、收放之间，生出一个个形似柳叶的生坯，到最后呈现在盘里的，却是一个个有些乖张的老鼠饺。

除了椒盐虾，印象最深的，可能要算金沙虾。虾仁去头和壳，留尾。虾仁开背，用盐、黑胡椒等料腌好，再裹一层生粉，挂鸡蛋糊，沾上面包糠（露尾），在锅里油炸。带有胡萝卜素的红面包糠比起原色面包糠，更添一份金的质感。后将干辣椒和花椒炒香，再放入炒米和炸好的虾排炒上片刻。炒米沙沙地落入盘中，金黄的大虾从不同水域而来，盛装集结。

炒米在口腔爆裂的声响，向我阵阵袭来，不是有人指点江山，更像长者们围坐，分享各自的人生经验，春耕要选好哪些种子，秋收要先割掉哪片谷物。带着锅气的炒米，与鲜嫩的虾肉同时入口，多像过去活跃的村庄，该老的老去，该长的继续勃发。

我妈总是变着花样儿为我侄儿烹虾。她常常抱着歉意，说那时她年轻，没有把我和弟弟照料好。其实，不同时代，造就人们不同的命运，对每一种选择，都应抱持理解；对每一份艰辛和付出，都应感恩。一只虾，一半身躯在长枪硬壳里武装，另一半包裹着对人无悔的供养。

苹果入菜

　　在孔融生活的那个时代，中国还没有好吃的苹果，只有一种叫"柰"的果子，其味如同山楂和苹果的结合体，口感较"绵"，也叫"绵苹果"，鲜有人欣赏它"绵扯扯"的口感。所以我们只听到"孔融让梨"，而不是苹果。

　　有一种野苹果，与一般苹果的外观和口感迥异，果实不及黄豆粒大，一般在冬季可食。其叶四季常绿，春季抽出的嫩芽可作茶叶。熟透的野苹果，吃起来既粉又甜，若是红里带黄，就有涩味。野苹果是我们少年时代的食用野果之一，现下人们多将它当作盆景栽培，成了园子里玩赏的风景。野苹果到底为何物？学名叫作火棘，在我的家乡人们叫它籽儿刺。

　　人生中的第一口苹果，也是以粉甜的口感，攻占了我稚嫩的味蕾。同时，也俘虏了爷爷的胃。他一辈子都钟情那咬一口就暖融融地释放甘甜的味道，拒绝一切改良的甜脆品种。然而，粉苹果日渐稀少，偶尔会遇到硬粉且寡淡的品种，不堪入口。爷爷生命垂危之际，也没能吃到一口如意的苹果。如今作为婴幼儿辅食的黄元帅和蛇果，却掀起又一波新生的粉潮。

　　在我念初中的某一年，父亲厂里有大批水晶红富士滞销，领导允许工人以批发价内购，每家都买上几大箱。湿冷的冬天，面对生冷的食物，往往会不禁打一个寒战。但带着花纹的苹果，表皮有吹弹可破的粉嫩，咬上一口汁水满溢，果肉在与牙齿的磨合中发出铿锵有力的脆响，浓郁的皮香让人如临花香氤氲的腹地，口口都是沉醉。我和弟弟会因啃一口苹果而欢呼雀跃。

渐渐地，全家对于苹果，有了味觉上的迟钝，果真是"少吃香，多吃伤"。碰上有人肠胃不适拉肚子，母亲就会兜几个苹果让她带回去煮水喝。苹果煮水，不用放糖，其天然的果糖在滚开的水里得到充分释放，翻腾着阵阵果味的甜香。煮苹果水算是偏方，除了维生素在高温下会流失之外，很多其他的营养成分和膳食纤维得以保留，有养胃和止泻的功效。

窗外的寒霜日渐浓厚，像是有一股风从门缝挤进屋内，抽走了那些苹果的精华和娇容。苹果的肌肤似乎开始松弛，肉质的密度也在降低，其味大不如以前。但母亲舍不得丢弃，便将它削皮后切成条，拌上米粉，加调料一起蒸，叫作"蒸馓馓"。蒸馓馓是达州一带的土话，可用鲜花，也可用蔬菜，原料中不可缺少的是米粉。一盘苹果馓馓摆上餐桌，难以形容它扮演的角色，甜中带咸，咸里有香，有水果和蔬菜的复合味道。

水果入肴已不新奇，最让我记忆深刻的，是在一家台菜馆吃到的改良川菜——苹果白肉卷。将煮好的白肉切成薄片，再卷上削皮后的苹果条。食时蘸上用芝麻酱、小米辣、酱油、香油和蒜泥做成的味汁。芝麻的香气裹着苹果的香甜，解了肉片本身的脂腻，小米辣和蒜泥的刚硬完全掩盖了猪肉的臊臭，像是耳边又传来新创的曲目。

拔丝苹果和拔丝地瓜，很考火候和功夫。在炒白糖时，过火就会焦苦，欠火又会粘牙。往往要经多次尝试，以失败告终也不奇怪，常常费力而不讨好。

同样以苹果和白糖为主的一道甜点烤苹果卷，有段时间非常风靡。杂志上、银幕上，玫瑰花朵般盛放的苹果卷，不时有想象中的香甜松脆扑面而来。苹果不用削皮，对剖切薄片，在糖水里稍微氽软捞出。将黄油、面粉和糖揉成面团，擀成薄片，再切成比苹果片窄一些的长条。将苹果片依次叠加排开放在面皮上，顺势卷起来，成花朵形状，再入烤箱中烤制。烤制时间和温度也需经多次摸索，才能保证烤出的苹果片干脆，且夹层的黄油面皮完全熟透，有饼干一般的酥香。我试着做过多次烤苹果卷，每次的结局都是"看上去很美好"。

苹果的营养成分很特别，在加热后抗氧化成分会增加，其效果同山楂类似，与肉类同烧，能减轻身体负担，是一种健康的搭配方式。苹果红烧肉，需要炒糖色，以冰糖最佳，糖不可过多，放少许油，用小火炒，待其融化，并呈黄褐色，有焦糖味发出时，应立即放入五花肉块翻炒两下，加黄酒炒出油，然后放生姜、八角等料一起再炒几分钟至肉上色，再加入苹果块，调入酱油，注入水，以慢火烧至水分收干就成了。时间和炉火让苹果完全糊化，果香融入肉里，吃上去肥而不腻，入口即化，还有一丝清新的妙趣。夹一块"颤巍巍"的红烧肉，仿佛看见每根枝头上的苹果，都在阳光下摇曳它的渴盼。

苹果性平，可能是最不挑人不挑时机的水果。这些年，吃苹果的感觉，就像长久夫妻左手拉右手，没有了触觉上的激动和震颤，却用最熟悉的感觉赋予人最踏实的依靠。

鱼羹妙制味犹鲜

这是我第三次到达川的石梯镇，如三次攀缘人生长河岸边的台阶，每一种高度，都让味觉有层次上的区别。这是一种从简到繁的美食拓展，与灵魂抵达不同的风景一样，有着不同的况味。

家乡虎让同属巴河流域，位于石梯镇上游，虽然离我不近，它留给我的记忆却那么久远，就像在春秋时期已被历史记载。那是小学里的一次秋游，我们乘船穿行在巴河之上，兴奋地抵达石梯镇。中午依旧炎热，在一座桥上，同学们被一毛钱的冰棍吸引，大家蜂拥而上，围得老婆婆的小摊水泄不通。彩色的老冰棍，吸吮时充盈着糖精的味道，用尖利的牙齿咬下一块，黏膜被冻出轻微的疼痛，融化的糖液缓缓驱向胃里，全身舒张的毛孔顿时安静收敛起来。如此单一的味道，却成为首入石梯留存的难忘记忆，其他游历却似大浪淘沙，被时间筛在了不为人知的深渊谷底。

　　十多年前，朋友带我和父亲去九岭办事，行至中途，天空突然飘起了雪花。事情办完，朋友说："中午该体验一场雪花的碰撞！"我听后云里雾里，他却一直不透谜底。直到继续前行，抵达石梯镇一家餐馆，招牌赫然写着"石梯蒸鱼"，我才把雪白的鱼肉，同当时的天气联系起来。

　　老板将一条肥硕的鲇鱼捞起，它勇猛地扭动着滑溜溜的身子，最终还是在套着棉手套的手掌下放弃了挣扎。我们落座，谈话间，每一张不断冒出热气的嘴都像一口烹饪时间的锅，等待着同一笼蒸鱼交融暖意。用嘴唇轻启鱼块红亮的外衣，它绸缎般滑向舌尖，细腻鲜香，嵌着醒目的生椒味。那是由豌豆粉、芝麻粉、绿豆粉和辣椒粉等料，共同演绎的石梯"食尚"，初觉有些突兀，后又似被切换成一尾鱼在巴河里生龙活虎的画面。熟透的鱼肉，更显白嫩纯净，辉映着门外婆婆的大雪。第二次上石梯，它给我味觉上饱满又新颖的感觉。

　　我们欣赏某个作家时，往往想去寻找他文字里描绘的圣地，也常常因爱某些人，试图追寻他们的足迹，或是与他分享你的一些体验。趁着假期，带着家人，我第三次上石梯。进入秋季，沿路的松针逐渐抖落棕红的绒毛，我心里盘算着，林间或许冒出了令人惊声尖叫的蘑菇——九月香。一些屋舍的门前攀爬着生命力还很旺盛的丝瓜，树上那些缀着的还未熟透的黄柿子，与蓝天一同绘成凡·高笔下的《星空》。

记不清曾经是在哪家店吃过蒸鱼，更不知它尚存与否，在街上四处寻找无果，最后搜索到一家河边船上的鱼庄。车辆可沿下行公路到达，人走能从另一陡坎水泥阶梯而至。站在梯台最高处，见一艘客船静靠河岸，船体分为上下两层，二层敞开之处，有供休闲观光的桌椅。

老板依舱门而立，目光聚焦在对面的一座老桥之上，桥墩上架起的弧形好似它光洁的前额。我问老板是否有蒸鱼，他明显已将它放在并不要紧的位置，笑着答道："蒸鱼肯定有嘛，那最简单！"

对于一个久未寻访的人来说，自己的主意往往不及内行靠谱，便由他随意安排，我自坐享其成。不同种类的鱼养在船舱外的巨型大网之中，厨师将它们捞起时，巴河水四处飞溅，有一滴恰巧碰撞我的鼻尖，瞬间有一种与幼年重逢的喜悦。厨师见我打量他如何操作，脸上的肌肉开始紧绷，我便识趣地离开，以免干扰他的创作。

老板先端来一盘凉拌鱼。鲇鱼片经过揉捏和侍弄，变得脆嫩滑口，淋上酱椒与大蒜做成的味汁，就像一个妙龄的川东妹子，有着耐品的容颜和泼辣俏皮的个性。继而又一盘展翅如蝶的炸清波上桌。鱼片稍经腌制，裹上面包糠油炸，外脆里嫩的鱼片，蘸上儿子爱吃的炼乳，让老板对客人的用心和体贴展露无遗。两种新颖的味道先入为主，当一笼蒸鱼

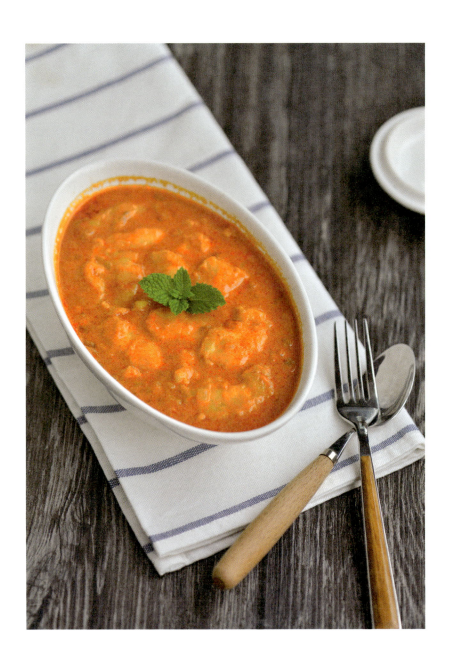

入口，果真就显得平淡无奇。当真是味道不及从前吗？历史的车轮推动社会发展，也让我们的人生承载更多的故事，一切都纷繁复杂地不断堆积，向着更宽广的地域去演绎和传播。那些曾经以为的极致美味和了不起的大事，也渐渐被人轻视和淡忘，虽然显出几分凄迷，但每前行一步，向更远处眺望，就会出现未知的新奇。

最后上来的一大钵番茄鱼米，征服了一家老小的味蕾。微微酸甜的汤头用番茄酱和鲜番茄熬制，翻滚着青春的热情与清爽，雪白的鱼米如蝌蚪游弋，竟然食不到一丝腥气，那种毫无顾虑的弹牙之感，会让人忘却自己正和一尾鱼进行最后的较量。我向老板询问秘诀，他大方地说："鱼泥关键要搅打得好，直到鱼肉起筋，再跟凉虾制作相似，用漏勺孔挤到开水锅里定型。"这让我想到需要不停甩打的牛肉丸，那些在齿间流露的韧劲，是力量的相互搏击碰撞出的英雄气质。

午后，石桥的倒影渐渐拉长，我思索着它是不是秋游经过的那一座，又恍惚觉得自己是巴河里一条刚刚吃掉小鱼的大鱼。突然又想到第二次上石梯的三个人，如今只剩我的肉体还踩着陡峭的石阶，我微微渗出汗水的背心便泛出凉意，仿佛目之所及每一处耀眼的地方，都落满了干净又凄婉的大雪。这时，儿子跑过来拉住我的手，在一股暖流中，我望见河里不时有鱼儿跃出水面，近处的船只渐渐驶向天际，悠长的大桥上车来人往，这世间活着的精灵，都在勇敢地带着希望前行。

包一碗抄手

　　早些年，从达州市内回江陵小镇，少说也要三五小时车程。客车费尽九牛二虎之力，才能翻过铁山。后经金窝、大堰、米城、堡子、新溪，到江陵下车后，人多半已是精疲力竭，直冒虚汗。一路颠簸，在弯道中摇摆，对于重度晕车的我来说，每每乘车都心生恐惧。

　　车站外有一家小餐馆，除小炒之外，还卖包面和面条。一勺熬好的骨头汤，冲入放有葱花的碗底，香气便四散开来，腹内本就空空如也，闻到这味儿，便循香进去叫上一碗包面。那时的包面皮碱味较重，肉馅儿不多，下锅煮制时间较短，面皮的筋道包裹着肉馅儿的鲜嫩，再喝一口带着葱香的骨汤，刚刚还在车上度"秒"如年的煎熬，立即烟消云散。

城里的招牌，将包面写作抄手。据说，在过去，抄手这种小吃，由小贩担着扁担沿街叫卖。扁担一头挑着炉子，一头挑着待煮的抄手生坯。逢上冷天，等待的食客，便会将手插进腋下或者袖筒里避寒。久而久之，抄手因"抄手"这个动作而得名。

作为四川名小吃的"龙抄手"，创始于 20 世纪 40 年代，当时春熙路"浓花茶社"的张光武等几位伙计商量合资开"龙抄手"，既有"浓"之谐音，又取"龙凤呈祥"之意。龙抄手的皮，由特级面粉加少许配料，细搓慢揉，擀制成"薄如纸、细如绸"的半透明状，其馅儿细嫩滑爽。由于原汤用鸡、鸭、猪熬制而成，汤白香浓，回味醇厚，深得食客欢迎。

如今，龙抄手分店无数，最好吃的应数送仙桥那家。每回参观完四川博物院过后，总要跨过木门槛，进去吃一碗龙抄手，再点些诸如鸡汁锅贴、翡翠烧卖、油茶之类的小吃，各有风味，很能满足味蕾的"花心"。有一回，我同外地来的朋友，用不到八十元钱，点了满满一桌，酸、辣、咸、甜，尝尽各种滋味。

跟清汤龙抄手相比，一碗老麻抄手，就大有"霸道总裁爱上我"的架势。第一次吃老麻抄手，在蜀汉路某个拐角处，店面很小，拾级而上是木质阁楼。那年成都罕见大雪，雪花飘在窗外的树叶上，隐约能听到细微的沙沙之声。我的双手早已冻成泡菜坛里的红萝卜，捧着一碗滚烫的特麻抄手，使手心的寒冷慢慢化开，才恢复了握住筷子的力气。喝一口汤汁，那"一剑封喉"的威力，让人垂涎三尺，准备再吃一口抄手，但最终挡不住排山倒海的麻辣架势，早就无心关注雪花坠落的方向了。问老板要了一碗活汤（面汤），把抄手涮上一遍，才勉强吃完，因为抄手除了肉馅儿的咸味，表皮寡淡，相当单调。

后来，我吃老麻抄手，一般选择微麻，视中麻为极限。其实老麻抄手里，也有三鲜抄手。其汤头，用骨头与海带丝熬制。作为味精原料的海带，让坚硬的身体慢慢释放聚集的鲜味，等肉汁与之柔软交融。在面碗里调上胡椒粉、蒜泥，放上葱花，用微滚的海带大骨汤一淋，鲜而不腻，是清汤抄手取胜的法宝。

经过小区的巷子，常能看到老麻抄手的老板娘，握两把剁刀，双手齐下，将后腿肉与生姜剁成肉糜。机器有它的效率性和可复制性，但很多时候无法替代人工的独特性。手工剁馅自有其刀法和力度，比机器盲搅一气做出的馅儿更为好吃。同样用姜来去腥增香，但放入的先后不同，效果和口感会不一样。剁肉时连带剁姜，姜之辛辣浸进肉中，偶尔在食用时吃到一粒，让肉馅儿有些催眠似的单调，掺进了振奋神经的妙趣。当然，这跟喜好有关，也有人会觉得那似半夜一声鸡鸣，扰了自己的清梦。还有人不吃葱花，即使一颗，都要从碗里挑出来。为了迎合大众，厨者调馅儿，就只取葱姜水。

抄手的馅儿有好些种类，但猪肉和牛肉是川内主打。抄手也未必全是汤吃，还可用来干拌。让辣椒油、葱蒜、酱油、鸡精之类直接与面皮接触，其味之浓，比饺子还胜。

抄手，也是川内家庭冰箱里的常备主食。去超市或市场买回肉来，与生姜剁成肉糜，再加上葱花、胡椒粉、料酒、鸡蛋、香油等一起搅拌

上劲，用现成的面皮包好就成。一次包上几十个，一顿煮不完，用保鲜袋或保鲜盒一层一层装好，放入冷冻室，随吃随取。如果装进保鲜袋，在入冰箱之前，可轻轻在手里抖松散，防止冻后互相粘连。还可以先平铺冻定型后，再入袋冷冻。用售卖的肉馅包抄手也行，最好先闻一闻是否新鲜，夏季尤其要注意。曾经买过一回肉馅儿，没有检查肉馅儿的质量，等调味包好，煮熟后先端一碗给奶奶，谁知那股腐肉的味道，让她作呕好几天。以至于后来每回喊她吃抄手，她都必问肉馅儿的来历。

自己煮抄手，数红油味最简单，在碗里调上花椒油、辣椒油、蒜泥、葱花、胡椒粉、盐、酱油和鸡粉，再用滚开的面水，把作料烫出味来，放入煮好的抄手就成。如果头天剩下一锅鸡汤或者骨头汤，加热后作为汤底，就是家庭厨房里的至味了。

每回包抄手，儿子都捏起两只，说是抓住了小船。他见我把抄手投入滚滚开水之中，还大呼，船游动咯！船游动咯！我便想起江陵的小镇和码头，在两岸青山之间缓行的船只，也想起车站外那家带着碱味和故乡水土异香的包面。吃一碗抄手，如同让记忆的船只，渐渐向温暖之处靠岸。

好吃不过一碗炒饭

那是在武夷山，几个刚刚打完高尔夫球的男人放下手里的球具，在我对面落座。服务员递上菜谱，其中一人粗略地浏览了一遍，点了几个特色菜，又指向我面前的炒饭："加一份那样的炒饭！"

是哪样的炒饭呢？粒粒香米在牙齿压迫下迅速收缩，一旦松开，它便立即回弹，魔力般的韧性在口腔萦绕。小小一粒米，远不及与它并列的胡萝卜粒、玉米粒和青豌豆大，但它吸附了菜叶的清气、腊肠的脂香和陈香，成了浓缩的精华。不到三岁的儿子从小包里掏出在球场外玩过的皮球，悄悄对我说："叔叔像我一样，爱吃炒饭，爱玩球。"

就是这样，吃炒饭没有年龄和身份的限定，每个家庭和个人，或许对炒饭都有自己的独特见解。我像儿子那么大时，家里的剩饭如果没有被掺上开水，同剩菜一起煮成烫饭的话，那多半是被菜油或猪油做成了油炒饭。油炒饭几乎只用盐调味，米粒被油脂浸润，耐心地接受柴火的烘烤，时间稍长，便慢慢结一层干香的锅巴。没有火候和调味的纠结，油炒饭显得洒脱、纯粹，它敢赤条条地来，也能在味觉上轻飘飘地消失，就是这种单纯和任性，让它像一个有些迂腐的满口古训的老者。在我们感觉五味混沌，人生遭遇低潮时，一碗油炒饭，会突然让人领悟到"大道至简"的哲理。

蛋炒饭则不同，它慢慢兼有某种使命，既有营养价值的追求，也有鸡蛋在凝固之后所释放的鲜味，对大脑皮层产生一种新的刺激和认知。尤其是热闹的夜市，铁锅在厨子手中上下推送，炒勺将鸡蛋敏捷地分离成细碎的蛋花，猛火灶的火苗不断促使鸡蛋和米粒反复切磋，碰撞出街头小吃独有的镬气。

如何在一碗蛋炒饭上下足功夫？不同的食评家和美食家，都有自己的标准。有人说用刚煮好的米饭做蛋炒饭，才能尽可能地保留米香和回甘。有人主张用隔夜剩饭来炒，尤其是冰箱冷藏过的更佳，米粒经过温差变性发生收缩，每一粒米都能各自为营，炒后便粒粒分明，互不粘连，且更筋道。而米的筋道与否，实质还源于米的种类，比如油粘米、丝苗米和珍珠米，它们的口感相差较大。

有一种蛋炒饭，称之为"金包银"。米饭在炒之前，先均匀拨散，

将蛋黄淋入米粒充分拌和，尽量使每颗米粒都被蛋液包裹，而后才入热油锅翻炒。鸡蛋的湿气被热气炙干，这样的蛋炒饭能吃出明显的蛋香，却不见鸡蛋。黄金蛋炒饭又有不同，鸡蛋液先被热油翻炒定型，铲子或勺子挥动均匀，使之散成细粒之后，再与米饭混合。鸡蛋最好有橙红的蛋黄，这样炒出来的蛋花便如黄金般耀眼，与莹白米粒形成鲜明对比。若是起锅前，在饭中挖个凹坑，放入翠绿的葱花，又以热饭盖之，捂上十几秒，当它们再次被翻起，并在铲中混合时，浓郁的葱香，就淋漓尽致地释放到米饭之中了。

每一条巷子都是有特殊气味的，比如我在广州时，曾无数次穿行过的某一条，它总是散发着阴暗潮湿的霉味，个别地方灯光暗沉而暧昧，使一条陋巷有难以描述的性感和撩拨。巷子里也会有巷口的臭豆腐气味猛烈灌入，更少不了一锅蛋炒饭在厨师掂抛的过程中发出腥鲜的回音。果敢敏捷、速战速决，往往能恰如其分地抚慰打工者的饥肠。每天几十碗蛋炒饭，经过老板的双手翻转，而常被人惦念，秘诀在于他会额外放些泡萝卜丁和火腿粒。胭脂色的泡萝卜丁，酸香脆爽，为这个不足二十平方米的小店，点亮一盏盏亲和的灯，发出一种足以慰藉乡愁的光。

也是在这家饭馆门口，一个妙龄女孩因拒绝将手里的挎包交给抢匪，被一刀砍掉了手臂，而包里仅有二十元钱。这件事让这条充满烟火气息的巷子溢出了血腥和恐惧，令我和许多人很长一段时间都绕而行之。而饭馆的老板，因为当时不敢出手相助，一直充满内疚和自责，终究也离开了那里。一个人所背负的责任，往往会影响他的决断，谁敢保证自己能有勇气舍身拯救他人？很多时候，我们的内心像一粒冷饭那样坚强挺立，几经权衡过后，一时的勇猛又何尝不会变得懦弱，像炒饭里那柔软的鸡蛋？

　　或许，我连面对分离的勇气都没有。当朋友要辞去工作，回老家发展时，我充满了不舍和难安，连做饭时该有的细致，都在慌乱中悄然丢失。当我将一颗鸡蛋打进油锅，过猛的火力，迟钝的节奏，让鸡蛋在凝结中变老变硬。我短暂地迷失了自己，丧失了对于过程的推敲，让一碗蛋炒饭边界模糊，失去了该有的造型和爽利。她笑着说："我要离开了，你开始敷衍我了吗？"我明知分开不是永别，但那种想象的孤独如洪水猛兽吞噬我，我退回到了婴幼儿时期才有的分离焦虑期。孤独真的那么可怕吗？其实我面对的只是对未知的恐惧。

大地的腹语——藕

一节莲藕仿佛一处圣地，每个气孔都供养着土地的神灵，丝丝箴言冲破淤泥，长出高洁的莲花。那些斜向滑行的花瓣，是托举信仰的小船，你的视线落在上面，想要知道它开解的对象是谁。

当我们虚的诉求转化为实的需要时，莲花会变成酥香的软炸荷花：用面粉、鸡蛋和食盐调成粉糊，给花瓣披上外衣，入油锅里炸熟；把猪肉剁细，用姜葱末、胡椒粉、盐和淀粉搅打成馅儿，分别填进一片片花瓣，在开水锅上短时蒸熟，就成了荷花酿。

在自然状态下，荷叶紧锁自己的欲望。那些于阳光中抽干水分的荷叶，通过清水浸泡会还原重力，从而筋骨柔韧。它密不透风地包裹糯米、鸡肉、香菇和香辛料的厚重，不断升腾的蒸气，让荷香糯米鸡软糯咸鲜里浸着一丝女性的芳香——温度的变化让荷叶逼出了内力。用干荷叶煮粥，或是当茶泡饮，脂肪细胞接触到淡黄的液体，慢慢接收自律的信号，就默默地想要苗条瘦身。

藕也是莲的一部分，山西人将藕称作"莲菜"。在周作人先生眼中，它是同荸荠相似的水果。作为藕的同源器官，藕带质地脆嫩，形如少女娇嫩的手指。把藕带切成小段，让它稚气地跳入爆香葱蒜的油锅，只用一点盐撒向它的水嫩，就成了清爽脆甜的清炒藕带。也可让它懵懂地泡在野山椒水里，对成熟过后的辛酸洗耳恭听，那一口一口的脆辣，就是眼前浮现的那些在生活中过早遭受磨难却依然阳光的人。

适宜的生长环境，会让藕带慢慢鼓胀成胖乎乎的莲藕。脆甜白净的嫩藕，像玉女般圣洁，舍不得让一丝杂色将它污染。切片过后，用清水泡掉多余的淀粉，其间加几滴白醋，会更加洁净。在开水里放上少许盐、几滴油，将藕片、水发木耳和荷兰豆快速汆过，好比给它定妆。简单的三种食材结合成"荷塘小炒"，每一种都有不同的味道，木耳晕出树脂的味道，荷兰豆诠释风的味道，而藕片吐出泥和水相互包容的味道。

有成熟的藕，可做成糯米藕。将藕的一端切掉少许，做成藕盖。藕从泥水里爬出来，脱掉外衣，就可以准备与新生命融为一体。而糯米的命运要经多次辗转。在成为米之前，它要奋力撇开颖壳，成为糙米，再经机器猛烈撞击打磨，成为光滑的米粒。这也不够，还要经过在水里少则七八小时的浸泡，让身子饱满充盈，才有资格像白蚁般躲进藕做的巢穴。塞进的米粒会有间隙，需在案板上振动几下使之紧扎相拥。煮熟的糯米会舒展增大，装糯米时，封口处应预留一点位置，再盖上藕盖，用几根牙签将接口处扎牢，使藕态还原。在糖水里煮糯米藕，可丢几朵玫瑰茄，浪漫的胭脂花色在水中弥散，慢慢使它更加娇俏。糯米与藕在同一个蒸汽孔里同呼吸共命运，最后连成一体。切成厚片摆入盘中，再淋一层桂花蜜，软糯甜蜜夹着花香，真不知蜜蜂在采集花蜜时，是否也这般心驰神醉。

地域不同，藕的质地和口感区别较大。总忘不了在武汉时吃过的那锅大骨藕汤。粉色的滚刀藕块从砂锅中捞起，面甜绵密而又细腻，味觉上的饱足感先是填充饥肠，又漫延到寂寥的情志。

取意"佳偶天成"，炸藕丸子作为湖北特色小吃，大小宴席都能见到。将藕擦成泥，在纱布里挤掉汁水，加上姜、葱、淀粉、盐、味精或香辛料，搓成紧致的小球之后，入锅油炸，藕丸逐渐升起浮于油面，穿上金黄外衣，外脆里软。

藕合也是炸食。藕片不用切得太薄，取两片夹上用葱姜末、盐、胡椒粉和淀粉调好的肉馅儿，外挂一层鸡蛋面粉糊。炸好的藕合看似裹着笨重的棉被，实则锁住了藕汁的清甜和肉馅儿的鲜嫩。偶尔，我会用香

辣酱与辣椒炒香，将炸藕合回锅，多层次地满足贪婪的欲望。

吃上去如木屑般柴讷，也是一部分藕的脾性，如果它愿意分身成小丁，让总体的愚钝脱胎成小巧，勇猛地在豆豉、辣椒和姜蒜中冲锋陷阵，也能荣耀地被列为小炒类的标兵。

如果一只藕臂够长，从湖北穿过洞庭湖，就能顺利地伸到湖南。常德的酱板藕埋进了辛辣的引线，入唇便点燃身体的火源。毛孔瞬间被轰开，鼻尖微微出汗，呼吸急促热烈，却欲罢不能地想要探索，刚才那摄魂夺魄的余味，到底是桂皮、豆蔻，还是甘草等香料。

散文作家凌仕江先生出品过一组关于秋天的画作，其中有一幅《素的》——一枝残荷在莲藕间弯腰低首，向它的母体表示敬意，丰盈的藕身，也是对秋天的交代和敬意。从美食博主的视角来看，画中的元素绝对能成就一盘素食珍馐。将火红的辣椒切圈，在油锅里炝香，接着投入白净的藕片，用大火爆掉淀粉的生味，只加适量的食盐调味翻转，再撒入那翠色的青葱即可。画面的冷暖与食材的味性不谋而合，这关于人间烟火的秋天，让内心涌出在春冬之际负暄时陶陶然的意趣。

藕能读懂大地的腹语，在灌入众生病症的耳道里，丝丝血脉循环于不同的命运之间，却总是藕断丝连。也难怪，在《封神榜》中，莲花里会长出一个奇异非凡的哪吒来。你看，每颗嵌着苦心的莲子都是时间结出的果实。

胡萝卜红烧肉

材料 五花肉约 400 克、胡萝卜约 250 克、香葱 3 根、八角 3 粒、生姜 1 大块、冰糖 5 粒（约 10 克）、黄酒 2 汤匙、白胡椒粉 1/3 茶匙、酱油 3 汤匙、盐适量。

做法
1. 净锅烧热，手持猪肉，将猪皮贴在锅底，将肉皮烙黄。
2. 烙好的猪皮在水里刮洗干净。
3. 冰糖碾碎；姜切片；香葱打成结；五花肉切成 3 厘米的方块。
4. 锅烧开水，放猪肉下去至肉收缩，马上捞出。
5. 平底锅烧热，放五花肉，用小火将四面煎黄出油后，夹肉出锅。
6. 用底油炒香八角、姜、葱，下入冰糖碎，小火不停翻炒。
7. 炒到冰糖由白至棕红并冒出泡泡，倒入酱油炝香。
8. 往锅里倒 1 升开水后，将所有食材移至炒锅或者砂锅，放黄酒和白胡椒粉，大火煮开后，加盖小火焖 1 小时。
9. 在锅里调适量盐，放胡萝卜块，复开后，继续加盖，小火焖 15 分钟，收浓汤汁即可。

备注 炒糖时，糖一般会先由散状到硬白，再变软，后由黄变成棕红色，起大量泡泡，这时马上下其他材料入锅，就不会出现糖色只甜而不上色的情况。关键是要以小火不停翻炒。

辣子兔丁

材料 兔腿约 500 克、大蒜 5 瓣、干辣椒 2 把、花椒 1 汤匙、生姜 1 大块、白酒 1 汤匙（或黄酒 2 汤匙）、酱油 2 汤匙、十三香 1 茶匙、白糖 1 茶匙、盐适量、菜油适量。

做法
1. 兔腿剁成小块；姜和蒜切片；干辣椒切段。
2. 炒锅烧热倒油（比平常量多 1 倍），油温后，放兔肉用小火不停翻炒。
3. 至水分完全炒干，泛出微黄，倒白酒或黄酒，将酒味炒散。
4. 放十三香炒香后，倒酱油炒上色。
5. 尝味调适量盐，放花椒和干辣椒，炒出麻辣味。
6. 放姜蒜片，调白糖，炒到蒜香且表面水分有点收干，即可。

备注 因为不用油炸，所以为免粘锅，炒兔肉时用油较多。

煳辣肉花

材料 里脊肉约200克、小指大葱2根（可用普通大葱半根代替）、大蒜4瓣、生姜1块、干辣椒1把、干红花椒1汤匙、油酥花生米3汤匙、酱油3汤匙、老抽1汤匙、绍兴黄酒1/2汤匙、白胡椒粉1/4茶匙、白糖1汤匙、菜油7汤匙、熟菜油1汤匙、香油1汤匙、干淀粉2汤匙、香醋适量、盐适量。

做法

1. 里脊肉切成4毫米厚片，在两边划十字刀，3小格为一条切成肉花。

2. 肉花里放1汤匙酱油、黄酒和适量盐抓匀。

3. 用1汤匙干淀粉兑1汤匙水，淋入肉花，拌匀腌10分钟，加熟菜油拌匀。

4. 姜、蒜切片；大葱切颗粒；干辣椒切小节。

5. 取碗，放1汤匙白糖，再放入刚好没过它的香醋，调白胡椒粉、2汤匙酱油、1汤匙老抽、1汤匙干淀粉、4汤匙清水和适量盐，充分拌匀。

6. 炒锅烧热菜油后，稍微放凉，放肉花中小火滑断生，单独盛出。

7. 用底油炒香花椒和干辣椒后，放姜蒜片炒香。

8. 放滑好的肉花，将步骤5调好的芡汁再次拌匀，倒入锅中，均匀翻炒。

9. 放花生米、大葱颗和香油，转中火收浓汁水，即可。

备注 滑肉丝、肉片和肉花，宜热锅凉油，用中小火，肉更滑嫩。

葱炒肥牛卷

材料 肥牛卷约 200 克、大葱 1 根、生姜 1 小块、香菜 2 根、黄酒 1 汤匙、酱油 1 汤匙、蚝油 1 汤匙、花生油 2 汤匙。

做法
1. 大葱斜切成片；生姜切细丝；香菜切段。
2. 炒锅烧热后放花生油，油温后，炒香姜丝。
3. 将肥牛卷逐个放进锅里，最好不要重叠，中小火炒制。
4. 待肥牛卷变色后，调入黄酒，中火翻炒均匀后，再炒十几秒。
5. 调入酱油、蚝油翻炒均匀后，放大葱炒断生，再放入香菜，翻匀即可。

红烧米凉粉

材料 米凉粉（米豆腐）约 400 克、五花肉约 50 克、香葱 2 根、生姜 1 小块、鲜小米辣 3 个、大蒜 2 瓣、郫县豆瓣酱 1 汤匙、酱油 1 汤匙、蚝油 1 汤匙、黄酒几滴、花生油 2 汤匙、盐适量。

做法
1. 米凉粉切成小块；姜蒜剁末；小米辣切碎；豆瓣剁细；五花肉剁末。
2. 炒锅烧热，倒花生油，油热后放肉末和黄酒，略炒出油。
3. 将肉推到锅沿，放豆瓣炒香出红油后，放姜蒜和小米辣炒香。
4. 把肉拨到锅底炒匀，倒入 150 毫升清水，放入米凉粉。
5. 调入酱油、蚝油和适量盐，中小火烧制，不时轻轻翻动使其均匀入味。
6. 待汁水将干时，放入切好的葱花，推匀即可。

备注 成都的米凉粉跟湖南和广东的米豆腐类似，嫩滑易碎，翻动时动作要轻柔。

风味茶树菇

材料　鲜茶树菇约300克、五花肉片约100克、生姜1块、独蒜1头、干辣椒5个、鲜小米辣4个、黄酒几滴、酱油1汤匙、蚝油1汤匙、花生油2汤匙、盐适量。

做法

1. 姜、蒜切片，干辣椒切段，小米辣切圈。
2. 炒锅烧热后倒油，油温后放五花肉片，滴几滴黄酒，用中小火微煎出油。
3. 放干辣椒、姜蒜炒香后，放茶树菇炒匀，加盖以小火焖烧。
4. 等茶树菇析出的水分烧干亮油时，调酱油和蚝油和适量盐翻匀。
5. 最后放小米辣翻匀入味即可。

备注　菇类要充分烧熟，用小火加盖的方式，既能让菇熟透，又不用过油或者加水。

胡同土豆

材料 小土豆约 400 克、肥瘦肉末约 50 克、长青椒 4 个、鲜红小米辣 4 个、大蒜 3 瓣、姜 1 小块、香葱 5 根、酱油 1 汤匙、花生油 5 汤匙、孜然粉 2 茶匙、绍兴黄酒几滴、盐适量。

做法
1. 青椒和小米辣切圈，香葱切葱花，大蒜和生姜剁末。
2. 土豆蒸熟后，趁热将它压扁（不裂开）。
3. 平底锅放 2 汤匙花生油，油温后，用中小火将土豆煎至两面金黄。
4. 炒锅烧热，放 3 汤匙花生油，油热后放肉末，滴几滴黄酒，小火煎黄出油。
5. 下姜蒜末炒香后，放切好的两种辣椒炒香。
6. 下土豆，调入酱油和适量盐，炒匀入味，再放孜然粉和葱花，翻匀即可。

备注 煎过的土豆有脆壳，炒时若加一点酱油，更易入味。

扁豆焖面

材料 扁豆约 150 克、腰柳肉约 100 克、鲜切棍状面条约 200 克、葱 1 段、蒜 2 瓣、酱油 3 汤匙、黄酒几滴、盐适量、油适量。

做法
1. 扁豆切粗丝；大蒜拍破切碎，葱切圈；肉切丝。
2. 炒锅烧热，倒比平常多的油，油温后放肉丝炒至发白。
3. 淋几滴黄酒，炒散酒味后，炒香葱蒜。
4. 再放点黄酒，把酒味炒散，放扁豆炒 1 分钟后，放酱油炝香。
5. 加没过扁豆的水，水开后放面条均匀平铺。
6. 加盖用中小火焖 12 分钟至熟透后，尝味放盐翻匀即可。

备注 豆类和面条要充分焖熟，如果水烧干了还未熟透，可从锅沿淋水，继续焖。

番茄疙瘩汤

材料　面粉约 80 克、番茄 2 个、鸡蛋 1 个、独蒜 1 个（或大蒜 3 瓣）、香菜 1 根、香葱 3 根、酱油 1 汤匙、花生油 2 汤匙、盐适量。

做法
1. 番茄去皮切丁；大蒜剁末、香葱白和叶分别切成葱花；香菜切碎。
2. 炒锅烧热后倒油，油温后，放蒜末和香葱白炒香，接着放酱油炝香。
3. 放番茄丁，中火翻炒至溢出红汁，注入 800 毫升水煮开，熬 3 分钟。
4. 水龙头开线状流水，将面盆置入水下，用筷子边接水边搅拌成疙瘩。
5. 在锅中调适量盐后，将疙瘩均匀拨到锅里，充分搅匀拨散，中火煮 2 分钟。
6. 转小火，将鸡蛋打匀后淋入锅里，煮成蛋花，关火后放入葱花和香菜碎，即可。

备注　拌疙瘩时，动作越快，面片越薄；水加得越多，面疙瘩越大；疙瘩搅好后会粘连，宜现搅现下。

干拌馄饨

材料 鸡胸肉约 250 克、馄饨皮约 500 克、香菇 4 朵、生姜 1 块、香葱 5 根、全蛋液半个的量、黄酒 1 汤匙、蚝油 1 汤匙、酱油 1 汤匙、白胡椒粉 1/2 茶匙、花生油 1 汤匙、酱油适量、辣椒油适量、葱花适量、蒜泥适量、盐适量。

做法
1. 香菇切小丁；姜捣成泥，舀入 1 汤匙清水；香葱切葱花；鸡胸肉剁成泥。
3. 鸡肉里放黄酒和鸡蛋液，把姜汁挤在里面，用筷子朝着一个方向搅拌上劲。
4. 放香菇，调酱油、蚝油、花生油、白胡椒粉、适量盐，继续朝着一个方向拌匀。
5. 放葱花拌匀后，取适量肉馅儿放在馄饨皮上，包成馄饨。
6. 馄饨入锅煮熟后捞入碗中，调入蒜泥、酱油、辣椒油、葱花、适量盐，拌匀即可。

备注 香菇尽量切细碎一点，更易煮熟。

油泼土豆鱼鱼儿

土豆约 300 克、面粉约 130 克、鸡蛋 1 个、酱油 1 汤匙、葱花适量、蒜末适量、辣椒面 1/3 汤匙、醋适量、菜油适量、盐适量。

做法

1. 土豆去皮后切小块，入锅中蒸熟，放凉后压成泥。

2. 加入鸡蛋充分拌匀后，放面粉揉成土豆面团。

3. 面板上撒些干面粉防止粘连，取 3 克左右的面剂，在手中搓成长条，成土豆鱼鱼儿，并有间距地放在面板上。

4. 煮锅将水烧开，放搓好的土豆鱼鱼儿煮熟。

5. 将土豆鱼鱼儿捞入碗中，淋入酱油、醋，调适量盐，放蒜末、辣椒面和葱花。

6. 炒锅烧热，放菜油，油烧到冒青烟时，趁热淋在作料上。

备注 土豆面团即揉即搓，久放会变稀软，不易成型。

素臊面

材料 土豆1个、胡萝卜1根、水发木耳1把、香菇3朵、豆腐干2个、青蒜苗2根、大蒜1瓣、红葱头1个（可用大葱1段代替）、酱油3汤匙、花椒粉2茶匙、辣椒粉1/2汤匙、五香粉1茶匙、鸡粉1茶匙、油4汤匙、盐适量。

做法
1. 香菇、胡萝卜、土豆、豆腐干切丁；木耳切丝。
2. 大蒜剁末；红葱头剁末；青蒜苗切成苗花。
3. 炒锅烧热后倒油，油热后放蒜末和葱末小火煎香。
4. 放辣椒粉、花椒粉小火炒香，再倒酱油激香。
5. 放土豆、胡萝卜、香菇、豆腐干、木耳，调点底盐翻炒一会儿。
6. 倒800毫升清水，调五香粉煮开后，小火咕嘟到胡萝卜和土豆熟透，中途尝味调盐。
7. 放蒜花，调鸡粉，复开后关火，即成素臊。
8. 将煮熟的面条入面碗，浇适量素臊，淋适量素臊汤汁即可。

备注 煮土豆时，火不能太大，否则会导致汁水过少。

酥骨面

材料 仔排骨约 300 克、白萝卜 1 根约 300 克、水发香菇 10 朵、鸡蛋 1 个、大蒜 4 瓣、香葱 1 根、生姜 1 块、五香粉 1 茶匙、白胡椒粉 1/3 茶匙、酱油 2 汤匙、红薯淀粉约 50 克、玫瑰露酒（黄酒代替）1 汤匙可用、植物油 600 毫升、香油几滴、盐适量。

做法

1. 排骨洗净沥水后入大碗，将 3 瓣大蒜切末放入。

2. 调五香粉、白胡椒粉、玫瑰露酒、1 汤匙酱油和适量盐。

3. 打入鸡蛋抓匀，再放红薯淀粉充分抓匀，腌 1 小时。

4. 锅里烧植物油，中火烧到六成热时，将排骨再次抓匀，逐个放入油锅，适时翻动。

5. 5 分钟后转大火，炸到排骨金黄发硬，马上捞出沥油。

6. 汤锅里加入 1.5 升清水（鸡汤更好），将萝卜切块与香菇一同放入。

7. 把姜拍破放进汤锅，再放排骨，调适量盐，大火煮开，微火加盖煨炖 1 小时关火。

8. 1 瓣大蒜切末和葱花放入面碗，调 1 汤匙酱油、滴几滴香油。

9. 取适量煮排骨的原汤冲入碗里，将面条煮好后放入，上面放几块酥排骨，即成。

备注 炸酥排骨一定要用红薯淀粉，炖煮后表皮才滑。炖煮时用微火，防止散开。

冬

卷

四｜卷｜有｜味

紧束的，释放的

　　层层聚积辛辣，一边收敛，一边宣泄，是葱的常态，葱叶才会中通外直，剑指苍穹。

　　葱有力拔山兮之势，是肉类用以防身御敌的常备之物，那些隐秘的剑气，能荡除干扰味觉的腥臊膻。气促使血液运行，也可让心念呈现异动。《本草纲目》将葱列入荤类，"五荤即五辛，谓其辛臭昏神伐性也。道家以韭、薤、蒜、芸薹、胡荽（香菜）为五荤。佛家以大蒜、小蒜、兴渠（阿魏）、慈葱、茖葱为五荤。"

"咬得菜根百事可做。"对生活的未知保持警觉，才有应对苦难的从容。有人便将"菜根香"作为实践对象，将香葱从作料提升到菜品的位置，油盐酱醋使香葱根、芫荽根和大蒜根混合搭配，触感上的硬度和张扬，足以道尽人生况味。这是一场短小精悍的电影，要端一碗热气腾腾的白米饭，做它宽大的银幕。

红葱头的个头稍大，高温下释出的浓香会渗进肉类的肌理。朋友从广州为我快递的红葱头，有细圆和长椭两种。红葱头蒸鸡，以清远鸡和红葱头为主料，辅以酱油、盐、香油、蚝油拌之，用大火蒸熟，鸡肉质嫩爽滑，葱头鲜甜。红葱头紧致，体积讨巧，垫入砂锅，能让上面的食材与锅底留有间隙，而不至烧煳，这是粤式啫啫菜里常见的搭配。

将红葱头剁得细碎，再经油炸，香味提炼到油中，油更显香醇，而它自身的灵魂飘浮起来，就成了油葱酥。偶尔在某种小食里吃到一粒油葱酥，它轻薄的灵魂在舌尖瞬间酥散，给人以无声的震撼。粗沙般的油葱酥，让我们摆脱了桎梏与死板。

日子的残酷，在于它消耗美，许多鲜嫩水润之物，会变得干瘪苍老。洋葱厚厚地将自己堆叠起来，层层紧束，又在自然风化中，一层一层慢慢褪掉衣衫，直到剩下最后一点真心，仍然可以作为物用。洋葱对于时间的警觉性，异于他物，其衰竭和丧失的速度，就相应缓慢。

缓慢流失之物，容易储存，也利于繁衍和传播。朱庇特是罗马众神之王，战事中，他在盛怒之下对诸神穷追不舍，诸神溃逃到陆地边缘，无计可施，只有把自己变成洋葱。洋葱在神话中出现，可追溯至古文明时期，足见其生命力的顽强。

切洋葱，是学着解剖人生，横切与纵切，会出现不同的形状。每一层洋葱，由外及里，由薄至厚，由浓变淡，接近中心时便如油灯之苗，也如正欲下坠的雨滴。切洋葱，也是学着与食物共情，洋葱挥发的生辣气氤氲在案板周围，像道出了紧紧包裹的心事和辛酸，足以让人共鸣，流出滚烫的热泪。

人的天性与食物有共通之处，许多暴烈之性，终归会臣服于温度之下。一颗洋葱再怎么辛辣，也会经热度感化，呈现柔黄之嫩甘，这也是在烧烤时，我喜爱烤洋葱圈的原因。在大型美食纪录片《新疆味道》中，洋葱被称为"皮芽子"，是大盘鸡、手抓饭以及烧羊肉的必用配料。

许多地方冬季特别严寒，地表全被积雪覆盖，而土地得以休息。洋葱与土豆和胡萝卜一样作为冬季常备蔬菜，被提前大量储存。及至冰天雪地，蔬菜瓜果无迹可寻时，洋葱"咔嚓"在菜板上振荡的声音，就更显清脆珍贵。

随着可食之物种类变多，种植条件得到改善后，洋葱的价值似乎不及从前。去菜市场转悠一圈，发现洋葱被堆叠于并不重要的位置，价格往往垫底，而少有人买。尽管它有科学意义上的软化血管、降低胆固醇的特性，却因它易得和廉价，让人忽略这些用途和优势。相反，提及诸如冬虫夏草这类天价稀罕之物，人们往往肃然起敬，使它除了物用之外，更添一种物感之情。

对于难得之货，我们的心绪变得复杂。倘若你得到一颗价值不菲的松露，极大可能绞尽脑汁去想该以何种烹饪手法展示它的美，你视它为圣物或女神，小心翼翼触碰，生怕亵渎了它。或许，你日思夜想还不得

其法，它最终在你的犹豫中腐坏变质，失去最基本的物用价值，留下的只是令人感伤和后悔的心路历程。

物之价值和人往往相似。容易得到的人通常不被珍惜，而对于求之不得之人，人们又往往费尽心思，倾注热情。难得之人，是内心预设的完美对象，因此产生追逐中非同寻常的动力，结果可能是一场自以为是的遗憾。遗憾于缥缈中将美延伸到不同维度，变得更加与众不同、扑朔迷离，尽管其本质也许既粗粝又俗气。

洋葱对泥土极度迎合，随之大量涌现，失去了它的神秘感。人一旦失去对新鲜事物的追捧和热情，最终会走向平淡，流于普通，再难受到重视。洋葱的命运，也是大多数人的命运。

而生活的最终面目，却是平淡。没有施展妖媚的浮夸，不因夺人心魄而矫揉造作，激情如油灯将熄，燃烧之处有最后的倔强。等时光也老去，才了解到洋葱的本性，其实与身体相当匹配。所以，除了视洋葱为必需的地域，买洋葱的多数为老年人。他们终于知道，被光阴濯洗，朴实且适宜自己的，才是真正的归属和依靠。

与其他葱类不同，大葱薄如蝉翼的生命纹理，一圈一圈直接对弈风霜雪雨。日照时间、土壤酸碱度直接影响大葱的形态和口感。它可能辛辣回苦，也可能细嫩甜辣；或粗壮如婴儿手腕，也可能细如其指头。味道没有轩轾之分，只看它遇到何人何物，让其发挥最佳作用。一盘清蒸鱼，要取其柔甜嫩滑，最好配以肉厚芯少的甘嫩大葱，用热油激发其芳香，既开胃解腻，也去掉鱼之腥气。而如拌猪耳、土鸡之类，则搭档烈性的指头大葱，无论形状大小，还是味型衬托，都更适宜。

不同程度的紧束，让葱有名头之分。而熬一锅葱油，则兼具了香葱、大葱、洋葱各自释放的精华，彼此浸润叠加，远胜于单薄的个体本身，也让一碗素油不在肥脂膏腴面前自惭形秽，大胆在一碗葱油面里尽展风华。

凉粉是舌尖上的硝烟

　　立冬过后，我更钟情于在就餐时点一份白凉粉，仿佛它能让绚烂季节里那些热烈和奔放冷却下来，静到足以酝酿成秘而不宣的自我成全。

　　通过明厨亮灶，可见厨师将条状的凉粉如城墙般精细地垒在盘中，浓稠的味汁由顶端四处流泻，一勺细碎的小米辣调入，像突然攻出的炮火。脑海里想象的浓烟未散，盘里又降落下葱花化成的伞兵。当冰冷如炮身的凉粉带着硝烟进入口腔，每一种味道都是骁勇善战的士

兵，想在史册上载入自己的姓名。于是，你可以清晰地知道，这些料汁里有辣椒油、蒜泥、白糖、酱油、香醋和味精，冷辣与鲜香在齿间几经厮杀，又如许多战事和纷争一样，被历史的肠道消化和吸收。

但历史的参与者和制造者呢？即使沧海桑田，回忆里还有难以磨灭的片段。我记得母亲在江陵开杂货铺时，每个逢场日，天未破晓，她就守在一口大铝锅旁，等待黑煤燃烧成橙红之躯，催生出翻滚的波涛。凉粉浆由屋后澄清的井水和雪白的豌豆粉兑成，它们进入开水锅后，在母亲左右手交替搅动中彻底交融，最终形成黏腻又缓慢流动的瀑布。透明的粉糊被倒入模具，在时间和温差下渐渐凝结，成了一块没有杂色的羊脂白玉。

母亲要卖凉粉。她总说，凉粉无论用什么调味，一定要找准一种灵魂。辣椒油便是常规凉粉的灵魂，炒过的干辣椒磨粉，那股焦香被大葱、八角、桂皮、花椒等香料熬出的热油推波助澜，便拥有更丰富的内涵和个性，像我们在一部好的小说里，读到一个丰满的人物。

一张白纸最具可塑性，白凉粉亦是。在红苋菜可食的季节，将其用水余煮，用留得的苋菜水兑凉粉浆，女儿般的胭脂红惊艳地换掉了它的底色。它瞬间激起你心中的某种欲望，你完全抛弃不敢轻易触碰的情结，你觉得对美艳的东西有与生俱来的无法抗拒。

用青椒碎或烧椒做成味汁，是母亲为胭脂凉粉附加的又一种灵魂。整个辣椒用柴火烧到微微起泡，呈褐色斑纹后加盐捣碎，再加香油、食盐、蒜泥和味精，调和出人间烟火的味道。也可将青椒直接切碎，在锅里微炕水分，然后放足量的油，连同蒜末和姜末一起炒香，与凉粉拌食。

还有山胡椒，也叫"木姜子"，其浓烈和独特的味道，是一碗白凉粉多重性格里，特别突出的一种。它形似花椒，表皮却比花椒光滑。它醒目又自带豪气，在捣钵里经千捶百碾过后粉碎成泥，只需兑少许凉开水，与蒜泥、香油、盐和鸡精一起拌和，浇在凉粉之上。透着稚气的白凉粉，在山胡椒粗犷的爱抚下，耗尽所有温婉，才上舌尖，就生出阳刚之气。母亲对味觉体验的不断追求，打破墨守成规和单一守旧，多像我们作文时的推敲琢磨和不断创新。

邻近一位小学老师，每回当场都要叫上一碗凉粉，默不作声坐着吃完，把数量刚好的零钱递给我后，便径自离开。唯有一次，他只吃了两筷子，便付钱走人。我十分诧异，端到厨房一尝，原来是我自作主张帮母亲放调料时，忘记了放盐。我后悔莫及。谁知他过后还是常来，我便加倍谨慎，争取不拖母亲后腿，不毁母亲的招牌。几个暑假，我从未和他有过交流，只认得那张熟悉的脸。直到师范毕业后，母亲说有个老师想和我谈朋友，就是曾经在店里吃凉粉不爱说话的那位，我才恍然大悟。虽然感情不能勉强，但我仍然感动于他内心如白凉粉的纯净，还透着一种默默守候的坚韧。

一般而言，冬天并不是吃白凉粉的最佳时期。母亲便另辟蹊径，捣腾出热凉粉。热凉粉用红薯淀粉搅制，虽然和豌豆淀粉色泽相似，但成型后色差很大。红薯的粗豪让凉粉泛出似被太阳暴晒过的淡棕色，加上吃时需要回热，又用酱油和通红的自制豆瓣调味，就更加契合冬天的色调，更易被人们接受。在故乡人眼里，一勺农家豆瓣，仿佛能疏通被寒冷凝结的神经，让四肢生出微温。母亲腌制豆瓣时，额外加了野葱头，热凉粉里偶尔一粒咸脆又刺激的味道，会让一个寡言之人，生出表达的欲望。

一位卖油窝窝的大爷，最爱吃母亲做的红苕凉粉，他说那是儿时的味道、母亲的味道。儿时的味觉记忆，成了对饮食评判和选择的根基。我又偏偏爱吃他用萝卜丝或者酥豌豆，调在米粉糊里炸出来的油窝窝。每当大爷进店时，母亲就用一碗热凉粉，为我换两个麻辣酥脆的油窝窝。以物换物，像回到旧时代碰撞出人际交往的火花。

也还记得有个冰雪覆盖的冬天，我哈着热气钻进地下商场，和同龄的年轻人一样，果敢地点了一碗凉粉。当凉粉如蛇般冷柔地缓慢梭进胃囊，像我身体的细胞在一点点体悟水分凝结的过程，更像儿时在山野的冬天，把一根晶莹剔透的冰柱咬进嘴里，它们冰冷寡淡，还夹杂着灰尘和杂质的味道。那是我尝到的冬天最真实的味道，也是许多人一生最现实的写照。

滑肉与酥肉

滑肉，仍然是川东地区许多家庭年饭的重头戏。过年前一天，给亲戚家的掌勺人打电话，对方多半是在炸滑肉。

炸滑肉，具有节日的仪式感。让孩子去鸡窝里捡些最新鲜的鸡蛋，主妇们又从柜子里取出晒好的红薯粉。以九十度下刀，将猪肉切成块状，至于用五花肉、梅花肉，还是其他部位，全凭主人喜好，猪肉用花椒、胡椒、盐和姜葱末调味，也有人会用一撮五香粉代替胡椒粉，取浓郁之辛香。连排骨也能炸滑肉，由于它事先经过调味腌制，又被芡粉密实地包裹，就更突显出这个部位肉质的香嫩。

滑肉表皮之所以爽滑丰腴，全靠鸡蛋和红薯淀粉。无须清水去破坏两者的琴瑟和鸣，只用手不断揉搓，使其完全交融，直到毫无颗粒感，没有嫌隙和芥蒂。若是芡汁太稀，瞬间滑过肉身，轻描淡写，滑肉就失去厚重；如果太稠，又变得顽固，而不肯攀附他人。鸡蛋与淀粉的比例，总要不停调整，不经几次摸索，难以达到最佳水平。滑肉一般较大，我吃过最大的滑肉，形如我八岁时的拳头。因而，炸滑肉时，火不能太大，容易外焦内生，煮时也容易散开；又不能太小，否则久炸不熟。

煨滑肉，也叫"憨滑肉"，"憨"字，足见其慢。炸好的滑肉，入汤锅之后，要用小火慢慢煨炖，火力太猛，容易冲破酥香的外衣。在夏季里晒干的黄花，泡涨的海带，也一起在汤中翕动，调味只需老姜和食盐。在油锅里收缩的滑肉，在热汤里渐渐膨胀，体表也开始莹亮。若是揭开锅盖，酥香之气，就飘满厨房。排骨滑肉，由于长时间煨煮，骨头里的脂香缓慢释放出来，就更显汤头的浓郁。一盆看似简单又憨态的滑肉汤，却能看出主妇的手艺。

自我开始操办年饭，也学做滑肉。头一回，就买到掺假的红薯淀粉，虽然每个细节都用心揣摩，吃在嘴里，

却像啃着面疙瘩。姨父笑着说，连狗都能打死。

在 20 世纪 80 年代，川东农村大多比较穷困，人们在饮食上往往精打细算。但是对于匠人的尊重，不但体现在语言上，也在伙食上一览无余。主妇们充分发挥自己的巧思，尽力把每顿饮食做好。隔壁刘奶奶，被取笑"刘抠抠"，就缘于一回招待木匠先生。有天中午，大家吃毕烧排骨，刘奶奶觉得骨头扔了太可惜，便留下来，下午炸成了滑肉。晚上，匠人看到炖滑肉，两眼放光，都被几乎是过年才能吃到的大菜提振了精神。大家争相举筷，谁知入口之后，除了表皮，全是骨头，由于用力过猛，还差点崩掉了牙齿。匠人们也不好意思当面批评，回家过后，把那口憋闷之气纷纷告诉了媳妇。这下，一传十，十传百，传了几十年。

现在吃滑肉，已无固定时间。每次去二姨家，她都提前炸滑肉。土鸡炖汤，已无新鲜感，炸成滑肉，就别有一番滋味。码肉时，除了用常规作料，她还会加些辣椒粉，多一份辣味，也提振食欲。二姨总会把没煨完的炸滑肉让我带回家，冻在冰箱慢慢吃。隔几天煮一碗滑肉汤，就有重复过年的好心情。

有些饭店，备有以滑肉命名的菜式。比如清汤水滑肉，此滑肉，非彼滑肉。它是用瘦肉片裹纯红薯粉浓芡，入汤中快速煮熟。虽没有鸡蛋油炸后的鲜香，但红薯粉的滑口锁定肉的细嫩，黄瓜片在汤中溢出清香，爽口宜人。

炸酥肉，与炸滑肉的做法相似，但大小和形状有所区别，一般切成条状。现炸现吃的酥肉，口感要求酥脆，只用红薯淀粉，达不到想要的效果。曾经在一位重庆大厨家吃饭，见他制作粉糊时，还加了面粉和生粉。那一盘炸酥肉，其酥脆的边缘会在嘴里咔咔作响。

吃火锅或者汤锅，点一份炸酥肉，在等锅沸腾的时间，用它打发轻微的饥饿和无聊，仿佛已成模式。有人习惯吃原味酥肉，也有人另外撒些双椒面（炒香的花椒面和辣椒面混合）。附近有专卖炸酥肉的小店，不但有五香味、麻辣味，还有咖喱味，外加炸蘑菇和炸莲藕。下班时间，顾客就排起长龙。也有人喜欢把炸酥肉丢进火锅里，让它吸饱火锅的汁水，再浸入碗里的料汁，湿滑与浓郁并重，一般肉菜无法比拟。

豆花和酥肉，可以结合成小吃。浓稠的红薯粉糊，透明中泛着微黑，始终保持着热度，嫩滑的豆花滚进去煨热，再舀入碗中，放上酥肉片、馓子、酥花生、葱花、辣椒油等作料。绵软的酥肉，是另一番体验，嘴里的流动与固守相结合，加上馓子和酥花生的异军突起，吃一碗酥肉豆花，舌尖就能生出跌宕起伏的刺激。

还有以豆花为名的荤豆花，简易的汤头，从不缺乏炸酥肉的身影。就连农家菜里的头碗和香碗，除了黄花、木耳和火腿，必有酥肉。酥肉切片，与多种食材结合，本身的香气自然减弱，但成全了一碗汤菜整体的腴美。

按我的口味，用于煨煮，更偏向于传统大滑肉的丰满。而炸酥肉，则以现炸现吃，更能调动口腔里的神经和器官。一个真爱现炸酥肉的人，一定会像等候情人般提前到达约会地点。只有在它满腔热忱之下，你才能领略到它外表的诱惑、内里的滋润，以及偶尔一粒花椒在舌尖弹出的酥麻。如果将它一颗等你的心彻底放凉，休怪它用绵硬和微腥，惩罚你的爽约。

闻鸡起筷

我记得三岁时那件红花袄，缘于一只大红公鸡。每次我穿上它，公鸡总趁我毫无防备，突地跳将起来，啄得我的鼻孔鲜血直流。尽管老屋如今已是一片瓦砾，但那个画面依然鲜活，就像后来家里每次杀鸡，我总会选出最漂亮的几根鸡毛，让奶奶用胶管和铜钱扎成毽子，在踢动的过程中，鸡毛像葵花一样散开，在空中上下翻飞，带着乡村的动感。

一个爱好文字的人，总会不可避免地碰到诸如"乡愁""寻根"之类的词语。鸡的始祖又在哪里呢？据说有科学家通过基因测序，推断出它产生于公元前 7500 年左右的中国某地。但不知这是否为确切定论，我们更有把握的是，知道几种跟鸡有关的名菜。

　　鉴于丁宝桢的出生地、上任地，以及烹饪手法，宫保鸡丁有贵州菜、四川菜和山东菜的争论。事实上，贵州的宫保鸡丁以糍粑辣椒入菜，跟川式宫保鸡丁的小荔枝煳辣味在味型上大相径庭，倒是溜汁的手法，与鲁菜有点类似。做川式宫保鸡丁难点在于芡汁，熟透后裹在鸡肉上晶莹透亮，其味咸甜酸鲜。

　　最初做宫保鸡丁，多用新鲜鸡胸肉。鸡胸肉易切成形，无论生熟手，切出的丁都相对漂亮。后来，很多饭馆舍弃在鲜鸡上分割鸡胸肉，多用冰冻成品。纤维较粗的鸡胸肉，若经冷冻，质地发生变化，水分流失，口感不鲜，甚至会很柴。有的厨师便以较嫩的鸡腿肉搭配使用。细节决定成败，一些细节处理的方式，往往能影响一道菜的品质。倘若在切成鸡丁之前，将鸡肉表面切些花刀，不但能使鸡肉更入味，也能减少炒制时间，保持肉质的鲜嫩。

　　此菜中的油炸花生米也不得不提及。一般情况下，我们习惯直接将炸好的花生米作为最后一道工序放入。想要口感香酥不腻，并与鸡丁形成色彩对比，可先将花生米用开水泡五分钟，将表皮搓掉，再进行油炸。总之，要做出上等的宫保鸡丁，须经反复试验，要怀着失败是成功之母的良好心态。

　　炒菜同样考验我们举一反三的能力，同一味型或同一做法可以演变出很多菜，就像宫保系列，就有宫保蹄筋、宫保大虾、宫保肉丁之类。有一日，我到成都市内一家老牌酒楼吃饭，姜汁肘子、鲍仔煲、糯米藕都没给我留下太多印象，唯宫保大虾将花生米换作了腰果，让老菜吃出了新口味。

湘菜里，有一道与官员有关的鸡肉做法——左宗棠鸡。左宗棠鸡与宫保鸡丁相比，鸡肉多了码味裹芡并油炸的步骤，少了花生米或干果的搭配，都是集酸、甜、辣、香于一体的名菜，也同样需要淋芡汁。此菜在 1952 年由彭长贵创制，托名左宗棠，其实与清末将领左宗棠没有直接关系。

辣子鸡、贵妃鸡、白斩鸡这些都是大家耳熟能详的菜式，若论豪放霸气，我以为是大盘鸡。大盘鸡是新疆名菜，约在 20 世纪末，由一位川籍厨师结合新疆当地饮食习惯自创而成。其烹饪原料，大致有草果、八角、姜蒜和大葱，当然少不了皮芽子（洋葱）和青椒，有些厨师会用啤酒代替水烧制，还有些会放点豆瓣。烧大盘鸡时，汤汁并不完全收干，待鸡肉吃完，一道菜的灵魂全部附着在后来加进去的面皮里面。

川东地区也有诸多用大盘装鸡的菜式，里面可配土豆、芋头等素菜，却不及新疆大盘鸡那般有影响力。比如从前我们店里的土豆烧鸡，看似极其平常，烧鸡时因加了诸多香料，最后还会撒上一层孜然粉，红烧味里结合了烧烤的味道。而隔壁的店子，厨师用一口大铁锅炒鸡，用另一口深锅卤煮土豆，最后两者结合装盘，色泽和味道各有千秋。

在莲花湖改造之前，几个朋友最爱去那里的农家乐吃贵州竹笋鸡。其中一个朋友与老板熟识后，得知老板曾亲赴贵州学艺，其味的特殊不光在于选用本地土鸡，竹笋也由贵州运来。有酸辣、麻辣、香辣可选，鸡肉吃完，可添上清汤，烫煮蔬菜，可谓集红烧与火锅于一体。由于食客往往较多，厨师会在为每桌客人所备的高压锅外贴上标签，以免弄错。

隐秘的火炬

　　松毛在灶孔里燃烧，从伸展到卷曲，在即将化成灰烬时，偶尔发出涅槃的嘶鸣。垫底的红苔披着轻薄的米粒，在炙热的铁锅里完成第二次成熟。米饭锅里的苔香与猪食锅里猪草和红苔皮剁碎熬煮的特殊气味，齐齐从门缝挤了出去。在屋檐下砍柴火的爷爷便知道，饭快熟了。圈里的猪也晓得即将进食，习惯性地把企盼和饥饿蓄积到两只前腿，用力搭向圈门，"哼哼"叫上一阵。

奶奶总是先提着一桶猪食去喂猪，猪食散发的热气如移动的温泉，随她完好的右手一直流到猪圈，而残疾的左手，就是接下来敲打抢食者的小锤。猪可能也知道，那年沟里逢大旱，粮食歉收，人的口粮和猪的糠皮呈断崖式锐减，它们的肚子比往年更容易饥饿，满嘴都是长不了膘的猪草味，它们的黑毛会日渐粗糙起来。

就是那个秋天，我跟着爷爷奶奶在干得裂开豁口的田里，割下一把把稻子，谷粒被燠热的天气烘掉了斗志，稀稀落落地组成稻穗的一部分，并不饱满，却也不甘心低下自己的头颅。

因为大米减产，就更显红苕的重要性。我用铲子拨开白净的米饭，在碗里盛上一大碗红苕。看天吃饭的乡下人，或许潜藏着对生活要做长远规划的基因，煮干饭的米只有省了又省，用大量红苕补充，米香才能像细水一样，流到下一年的丰收田里。也常常喝红苕稀饭，米粒像河里的小虾米散落，筷子怎么也夹不起来，红苕的甜度也被水分稀释，寡淡又软烂。

后来才知道，红苕叫作"红薯"，还叫"番薯"，大约从明朝开始传入我国，在清朝时逐渐遍布全国各省。爷爷说，那可能是我们祖先从湖北迁来的时期吧。过去的好几百年里，若逢五谷歉收的年月，一个红薯可能就是拯救两眼饿得抹黑之人的救星。很少有人记得三代以上的祖先，对未来的子孙更不能精准预见，但农人知道，只要将有两个节疤的红苕藤移栽在土壤里，泥土的腹部在某天就能隐秘地迸出火花，待"临产期"到，它们被一把锄头掘出地面，就像手里擎着希望的火炬。据说17世纪初，广东、福建一带红薯种植甚广，科学家徐光启从福建引种到上海，后又向江苏传播，因为红薯的好收成，拯救了不少灾民。

围着火塘喝红苕稀饭，一口汤水在爷爷的唇下嘟嘟直响。爷爷说他也当过灾民。"三年困难时期"，野菜挖完了，榆钱扒光了，只有硬吞"观音土"。土入肠胃难以消化，干瘦的身子就会鼓起圆滚滚的肚皮，胀痛难耐。后来红苕丰收，村里举行吃红苕比赛，其中一人因为狼吞虎咽，又来不及喝水，被活活噎死。我听后难受得赶紧喝了一口，没想到甜软的红苕还是一把温柔刀。爷爷又将几个生红苕埋进热烘烘的柴灰堆里，火塘便有了甜蜜的烙印，像我有穷苦的记忆一样。煨红苕，这种类似于炙的加热方式，能让红苕发出酽香，皮肉随熟透而轻微分离，像为浓烈的感情保留一点喘息的余地。

以吃红苕为主的那一年，我常常打嗝冒出酸水。但每次举着煤油灯去苕窖里取红苕，看它们被干燥的尘土包裹，躲在黑暗的角落不见天日，还伴随着一股腐烂的气味时，我能明显地觉察到岁月蕴含的恩情。然而，第二年稻谷丰收，新鲜红苕从土里冒出来，我却反胃作呕，那种抵御灾难的坚定信念，一旦从我身体抽离，就转变成难以咽的排斥。

直至十多年后，遇见汕头叫"金银条"的小吃，像遇见曾经有过嫌隙的朋友一样，我重新接纳红苕，并试图理解它口味演变的多样性。金是红苕，银是芋头，它们同样切块，入油锅炸熟。在干净的锅里用一点清水将白糖熬化，待锅里呈现大泡后变成小泡时，便将红薯和芋头一并

放入。"雨下而为寒气所薄，故凝而为雪"，糖稀因冷风所袭，会结而为霜。边均匀在糖稀里翻动红苕和芋头，边用扇子或风扇扇冷风，它们表面便会挂上一层薄霜。红苕因此更加甘甜，芋头的甜中透着沙软，尤其最后出乎意料地撒上一把香菜碎，口中的腻味自然减轻几分。继而，我又开始喝广东的番薯糖水，红苕、片糖、老姜与清水一同炖煮，片糖的清甜中带着姜香，似乎以这种极简做法做出的暖意，在嘴里迂回了生生世世。偶尔熬银耳汤，倘若不想放糖，我便在关火前十几分钟，加些红苕丁和香蕉粒一起炖煮，柔滑的银耳汤就沁着苕香和果香。

有些甜蜜让人招架不住，有种红苕的做法让我无能为力。拔丝红苕对于火候的精准拿捏，一直让我对甜蜜产生畏惧。明明知道，只需要将红苕块炸熟，同做金银条一样用熬化的糖水，趁热将红苕放入，温热中，糖水会在翻动中慢慢凝固，像它们吐出蚕丝将自己包裹，我却害怕糖炒嫩了粘牙，炒老了发苦。

前些天，我听到舅妈在电话那头红粉粉的笑声，她说今年红苕大丰收，趁着日头正好，准备开始晒红苕干和红苕粉，想寄些给我，又怕我不稀罕。我连连像抽穗的稻谷一样青幽幽地答应。怎么能不稀罕呢？每一口家乡的红苕，都像我的肉身在忘却中长出怀念亲人的根系。即使在餐厅里吃到由红苕玉米山药组成的"大丰收"，也还是忘不了儿时，大人时常冒着大雨从地里挖回泥巴满附的红苕，在井边一阵搓洗过后，就蜕变成我手里亮闪闪的火炬。那些指甲被苕叶汁液浸染，积淀成搓洗不掉的黑垢，冻裂的双手因清洗时用力过度，会突然冒出血水。

每一个清晨，炊烟从家乡的屋顶升起，红苕慢慢在锅里熟软，每座房子都是开往甜处的火车。我期待那些站台入我的梦来，期待红苕蓄积的力量和信仰，陪着逝去的亲人，举着隐秘的火炬，照亮浮华的人生。

砂
锅
煲
出
的
暖
意

　　传统砂锅是陶器的一种。陶的发明，距今已有几千
年历史，在人类社会发展史上，有划时代的意义。经过
世代改良，新石器时期的夹砂陶，逐渐演变成了今天的
砂锅。据说，砂锅与瓷器的制作类似，同样需要瓦屋、
敞院。一个火炉，一个风箱，两个覆盖砂锅的大砂锅，
就是它的设备。有些地方，称砂锅为"鼎罐"。

普通砂锅，如遇骤冷骤热，容易开裂。在新砂锅使用前，先要开锅。用小火熬煮一锅稀饭或者面粉水，利用淀粉的黏性，堵住微小的气孔，防止日后渗漏。还可用细铁丝，将锅体紧紧缠绕，用钳子收紧接口，像给顽皮的孙猴子戴上紧箍儿，为砂锅套上保险。

儿时，使用砂锅一定是特殊的日子。当生锈的炉子被奶奶提到院坝，尘封多日的土砂锅，被两个煤球泛着红光的八个瞳孔，唤醒多年前在陶窑里所历经的热烈。炉口盖子，留了一点缝隙，微弱的火候，让一锅汤荡漾出大美。蒸汽从盖孔冲出来，小小的一束，越往上越弥散，直到无踪迹可寻，却漫出香气。大黄狗呼哧着，甩着尾巴从村口赶回来，总要在滚烫的炉边绕上几圈。年三十，对联已经贴好，团年饭的菜陆续备齐。砂锅里的香菇炖鸡汤，成为最绵长的期待。微火慢炖，鸡肉和香菇在浓汤里互相浸润，彼此成就。

弟妹生长于常德。我跟她在春节期间拜访亲戚，总是被一大桌热气腾腾的砂锅菜所震撼。每一炉酒精蜡，烧得并不旺，却足以使砂锅里的食材咕嘟咕嘟，温柔地翻滚。砂锅啤酒鸭、猪蹄、羊肉……但凡能在炒菜锅里烧的菜肴，最后都能装进砂锅煨煮，于寒冷中，一直保持着温度。

在常德五年，母亲也养成了用砂锅烧菜或盛菜的习惯。先煨炖好一个费时的菜，又利用等候的时间，处理其他食材，或者干些家务杂事。砂锅的慢热，人的利落，一张一弛，让生活和谐而有序。常德的水土养人，女性生来肤白细腻，模样俊俏。在这片土壤孕育的吃食，也很耐人回味。

有一回，老家几个亲戚到常德做客，中午在酒店宴请之后，大家一致赞成晚上在家里开火。母亲刮洗好猪蹄，将它余水后，在油锅里略炒，烹料酒，加八角、桂皮、姜蒜以及酱油和盐调味，再淋些开水，便倒进砂锅里慢慢煨炖。表嫂在旁边拍了拍母亲的手臂，惊讶地问，三姨，这样炒的猪蹄好不好吃哦。表嫂是炒菜能手，她对猪蹄的处理比较烦琐，所以心有疑虑。约一小时后，猪蹄在砂锅里软糯，母亲将小火转成中火，放上青椒段，进行收汁，最后撒上大量蒜苗。当这锅猪蹄在大家齿间回旋之时，得到了一致夸赞。好的食材，虽经平淡处理，也能发出醇香。人若天生丽质，无须浓妆艳抹，亦是一道风景。

如今，砂锅制作工艺不断优化，不但外形美观，而且能承受数百度的高温烧灼。干烧不裂，是在原材料的选择上，增加了锂辉石。我家里大大小小的砂锅约有七八个，中式、日式、韩式都有，价格从几十元到千元不等，或白亮，或黝黑，又或土色，用途各异。

耐干烧的砂锅，是朋友 Z 做菜的利器。啫啫鸡，他尤其拿手。先将清远鸡剁块，用酱油、蚝油、姜丝和盐腌好。再坐上砂锅，开火，用温油，煎上大量洋葱块和蒜头垫底，再均匀铺好鸡块，加盖焖烧。待蒸汽溢出之后，从盖沿淋下黄酒，用小火焖烧十分钟。他一边等鸡肉成熟，一边在另一口锅里烧汤、炒青菜、煎牛排。他太太打下手。不到二十分钟，三菜一汤就能顺利上桌。啫啫鸡有嫩滑香醇的肉质，还有泥土在煅烧中坦露的热忱。

根据砂锅的保温特性，市面上有不少以砂锅为主题的餐厅。一日，某友人带我们到蜀汉路一家经营了二十多年的老店用餐。上午十一点半抵达，已门庭若市，得取号排队。当时在疫情冲击之下，生意如此火爆，尤其难得。友人从不直接道出一盘菜或一篇文的好坏，只用"一般""很一般"，或者"不一般""很不一般"来做结论。总共点了五道菜，用他的话来讲，前面四道便是一般。而不一般的，是最后上来的豆花牛柳。滑嫩的豆花铺在砂锅底部，大片腌好的牛柳平铺其上，浇上以醋提味的烧椒汁，辣椒的煳香里带着微酸，牛肉入口香而不腻。喧闹的大厅，服务生不断翻台。像这种平民定位的餐厅，用砂锅锁住市井的温度，煲出了人世间简单的幸福。

砂锅米线和砂锅饭，延伸了主食的趣味性。广式砂

锅饭里焖出的锅巴，在嘴里欢愉地鸣叫，腊肉和腊肠的脂香偶尔蹿到舌尖，内心便寻到原始的满足。砂锅米线，曾盛极一时。每到周末，寝室里几个同学都会钻到火车站附近一条陋巷，点一锅麻辣米线，或者酸辣米线。米线下到煮好的麻辣汤料里，砂锅复开，点缀几片牛肉，便可享用。米线筋道适口，麻辣刺激。酸辣米线里，海带丝和平菇块，都吸饱了泡椒的爽辣和酸香，最是开胃过瘾。当然，还有三鲜、香辣等口味。吃砂锅米线，最好先用小碗盛一点出来，慢慢入口，若直接从砂锅下箸，很容易烫到舌尖溃烂、黏膜溃疡。

熬中药，也可用砂锅，或者砂瓢。细火慢熬，草药的药性缓缓渗出，从容抵达病灶，能化腐朽为神奇。许多乡下人，在一场大病痊愈过后，将药渣倾倒于大路，任人踩踏，甚而会将熬药的砂锅摔碎，以示药到病除、脱胎换骨。

我的笔下没有恢宏的气势、华丽的陈设，出生、背景，以及阅历，决定我只具有一个小百姓的气质，写一写家常小菜。然而，像一口朴素的砂锅，对待生活我有足够的耐心，同时，也保持恒久的热度。

面疙瘩和扯面块

　　气喘吁吁翻过一座山头，接着的下坡路，便像小河淌水奔放自如。当脚尖碰到屋后的石磨，先前过速的心律，已趋近平稳。老盐菜从厨房传来犀利的笑声，使我进屋的脚步有些失落——那天的夜饭又是面疙瘩。

几块劈柴的火舌贪婪地舔着锅底，老盐菜在锅中上下浮沉，我突然感觉自己像生病时厌食般昏昏沉沉。奶奶的筷子正在小半盆面粉里搅和，里面全是奇形怪状的大小疙瘩。"今晚黑又哈面疙瘩哟，才把坡上的活路做完，搞不赢煮饭了。"她笑眯眯地说。

我"哦"了一声，心想那是自己最不喜欢的主食。那时候，面粉的麸质较重，远不如精面吃上去细滑。加之某次我因风寒卧病在床，连续吃了几天老盐菜面条发汗过后，对于这种味道就生出了抵触。

不知家乡话的"哈"字该如何书写，它是一个动词，有拔或拨的意思，比如哈柴，就是用竹耙将枯枝败叶拨弄到一块。哈面疙瘩，便是将用面粉和清水混合搅和的疙瘩团，一点点拨到开水锅里，并使之分开。

煮面疙瘩，定要宽水，它的样子莽撞粗笨，需要在水中彻底焖透，领悟出氢氧结合的智慧，才能在嘴里准确地呈现出麦地的贫瘠或者肥沃，又或是在搅和疙瘩之初，面粉和水付出的感情二者彼此相当，还是轻重失衡。

面疙瘩是与挂面类似的较为简便的主食，也是拯救清得过头的稀饭的救星，它们在稀薄的米汤里成熟，麦香沾上了大米的油脂，稀饭中浸着麦子的甘甜。

如今常吃的番茄疙瘩汤做法有所不同，将面粉盆置于水龙头下，自来水只需开得线般粗细，不断用筷子快速朝一个方向搅动，盆里便陆续呈现轻薄的棉絮状疙瘩。如此轻盈的疙瘩下锅，在勺子拨动的天旋地转中，不但容易煮熟，口感还趋近柔滑。

时间验证爱，也淡化爱，那些对饮食的喜恶，也在斗转星移之中，悄然发生一些改变。今天，当一碗老盐菜面疙瘩捧在手里，恰如接通了岁月的电流。筷子上夹起的老盐菜像坐在田坎上的庄稼汉，褶皱的脸上透着健康的肤色。那些疙瘩触及舌头，便如触及灵魂，让麦子成了最会听故事，也最会讲故事的粮食。那些故事里有阳光雨露、地理经纬，有我梦里想见的人。

跟面疙瘩相比，扯面块的造型更加大气，又不拘泥于形式。只要把握好力度和手法，扯出的面块可厚可薄，厚实的面块咬起来筋道，麦香味浓；薄一些的则软滑入味，轻松下肚，如体内温驯的绵羊。扯面块的原料同样是面粉和水，按一定比例揉成面团过后，静置一段时间，让它生出延展性，再用两手手指配合，拉扯成长条，立即入锅水煮。要扯出漂亮的面皮也不容易，需勤加练手，才能做到用力均匀、收放自如。如果一张面皮厚薄不匀，还扯出了孔洞，那一定会被人笑话是被"枪打了"。

扯面块，说来跟铺盖面类似。铺盖面，因面皮宽大像铺盖而得名，以重庆市荣昌区的最具特色有名。附近几家荣昌铺盖面店，生意都异常火爆，那些面皮大而薄，润又弹，用鸡汤或骨头汤浇之，再放上红烧肥肠或牛肉、酸辣鸡杂、酸菜肉丝、豌豆杂酱等料头。一碗铺盖面端到眼前，还未下箸，葱花和红油以及汤汁碰撞的香气，就扑面而来。

至于家常扯面块的汤头，可繁可简。如果全素，直接用面汤激香碗底的诸如酱醋和葱花等作料。倘若时间充裕，还可用胡萝卜、海带、蘑菇等原料，煮一锅素高汤。老盐菜面块也是全素。用油炒香葱姜蒜，下入老盐菜和土豆厚片翻炒，再将半盆水淋入，调上胡椒粉和盐用心熬煮，待土豆断生时，面片便能飞身入锅。煮熟的面块装在大盆里，另外放入

大量蒜蓉、香菜和葱花，青春和老陈的气息融洽互补，常让那些到我们店里的食客牵肠挂肚。而店里扯面块又有一套方法——将面团揉好搓条后，切成小剂子，刷一层食用油防止粘连，待延展性足够时拉扯，它们在手中滑弹自如，如从原点无限延伸。

每次扯面块，都不禁想起"莽（傻）婆娘"的故事。婆娘，在川东是指女性和媳妇的意思。但是你在仪陇人面前，称婆娘或说谁的婆娘，对方多半会怒目相向，因为当地人认为那带有贬义。

说是乡下木匠有个莽婆娘，在木匠和工友出门干活前问他晚上夜饭吃什么。木匠随口回答："吃黄瓜面，你会不会嘛？"木匠媳妇略微思索，愉悦地点了点头。木匠和工友收工回家，满怀期待地等着那一碗清香的黄瓜煮面块，直到木匠媳妇热情地将面端碗上桌，两人傻了眼。碗里躺着一条又粗又长的面坨，形如地里的黄瓜。工友双目瞪得溜圆，尴尬地感叹道："天哪！"木匠媳妇不好意思了："一人只有一条，没有添的了。"

倔强的萝卜

　　偶然吃到一种青皮萝卜，在少量盐粒的衬托下，炖煮后尤其清甜，还有让人意外的粉质口感。在我们舌尖习以为常的甜润柔滑中，它显得另类，用"倔强的萝卜"这个标题来形容它，恰如其分。但这种萝卜的倔强里，有喜人的俏皮和吸引，而非厌恶和同情。

其实，每一根萝卜都潜藏着艺术家的气质。一块土壤水分的多少，决定它的辛辣程度，而水分的均匀程度，又关系到它的外形是光滑圆润还是表面龟裂。

在过去，萝卜的种植有季节规划，如今一年四季都能买到不同种类的萝卜。只是寒冷的冬天，泥土的温度和湿度，让萝卜孕育出其他季节少有的甜润。与之相反的夏季，火热的太阳炙烤大地，泥土过分的热情，让追求冷静的萝卜憋出丝丝怨气，吐出回苦和更重的辛辣。湖南人深谙萝卜的脾性，将上好的厚皮白萝卜，片出 2 厘米的厚片，改刀成形，低温盐腌四五小时，然后冲掉多余的盐分和生辣，吹干。再让野山椒尖锐的酸辣，在山泉水里沉吟，缓解一根萝卜在泥土里缺水的苦楚。还要几勺蒸鱼豉油和陈醋用老坛里的历练，化解它最后一丝抵触。

白萝卜有圆有长，横竖都是质朴的化身。日本一则美食短剧却让它变得优雅清贵。寒风凛冽的雪天，着和服的女子在木屋里忙碌，如蜡梅初绽超凡脱俗，自溢芳香。她将萝卜切成细丝，精巧地摆进砂锅炖煮，还准备了各种精致的配菜，以萝卜打底的"赏雪火锅"如皑皑白雪在云雾里若隐若现。屋外乱琼碎玉，屋内热气腾腾，每一筷子萝卜入口，都在她脸上流露出惠特曼诗句里"吸着它那特殊的香味，我向它索要精神上相应的信息"那种诗意。

腊月初三那天，同家人到一家私房菜馆用餐。老板表情笃定地推荐萝卜丸子汤。我一听名字，觉得那顶多是萝卜块与猪肉丸子烩煮，并未抱多大期待。席间，宫廷式的白色陶瓷汤煲上桌，里面盛着大珍珠似的白萝卜与粉色的肉丸和谐共生，萝卜质地如玉，肉丸镶嵌翠绿。萝卜的规整让人看出老板对食物之美的追求和用心，我却有些为丢掉的边角料感到可惜。煲中的汤色虽不澄清，但入口后的香浓，非一般萝卜汤可以比拟。原来，根根萝卜一点没有浪费，边角料已被料理机打成细汁，随萝卜丸一起炖煮了。丸子也用土猪肉手工细斩，调馅儿另加香菜提味，俨然从色香味形上改变了对普通萝卜汤根深蒂固的印象。

蒸萝卜丸子，也是从形态上重新演绎肉和萝卜的结合。将剁好的肉馅儿用盐、姜葱末、胡椒粉和蚝油搅匀，萝卜擦成细丝，用盐腌软后挤掉汁水。再将萝卜丝与肉馅加上鸡蛋和红薯淀粉充分混合，再团成丸子，入锅蒸熟。肉和萝卜未在水中稀释，更大程度保留了食材的本味，再蘸上以辣椒油、酱油、蒜泥调成的味碟，口感与观感俱佳。若将生丸以油炸熟，再蘸椒盐食之，则是一道风味小吃。

最土气的吃法，是萝卜焖饭，切成粒的萝卜用油盐稍炒，上面铺上煮过的夹生米粒，后加盖以小火焖熟，吃前如炒饭般仔细铲匀。萝卜的味道渗入米饭，饭粒咸香回甘，按照老人的说法是，连菜都可以省了。萝卜焖饭，最好用乡下的柴火灶。在灶间取暖的小猫闻到香气过后，也会忍不住喵喵叫上两声。这些年都用电饭煲煮饭，那种乡村味道悄然在生活里消失了。幸有萝卜包子替代。萝卜颗粒加盐稍腌出水，挤掉水分后，放油盐、蚝油和花生酱拌和，或以麻辣味调剂，再用发酵面团包好，上锅蒸熟。麦香挟着萝卜的滑郁，满嘴都是素菜荤味的肉感。

无论萝卜炒丝、焖饭、炖汤，还是做馅儿，终是以软体现它的魅力。它的硬，停留于一碟爽脆的泡菜或酸甜的小菜中，更展现在厨师的刻刀上。雪白的萝卜，在重要宴席上，是展翅的凤凰、开屏的孔雀，也是盘

踞的蛟龙和灵动的游鱼。一个厨师朋友很爱钻研这门技艺，有一次，他居然用白萝卜雕刻了罗丹的《永恒的偶像》，观者都为之震撼。不难想象那是怎样的造型，男人跪在女人脚前，虔诚地轻吻她的胸部，视她如女神般为之倾倒和崇拜。朋友雕刻的作品当然没有原作线条流畅细腻，表情和神韵也差距甚远，更缺乏那种纪念碑式的神圣感。他开玩笑说，情人是艺术创作的源泉，那正是他缺少的。

整整十五年，作为罗丹的学生、模特、助手和情人，克洛岱尔用她独特的身体线条和精致容貌，让艺术大师接受了美的洗礼，成为他创作辉煌时期的灵感女神。从灵魂到肉体，他们彼此欣赏和征服。她的感情热烈纯粹而专一，他却不能给她想要的家庭。这段情深似海的爱情最终以悲剧收场。罗丹娶了他的未婚妻罗丝，还有过别的情人。而克洛岱尔最后的几十年在疯人院里度过，其葬身的墓地因被政府征用铲平，最后无迹可寻。只有在罗丹手中那些见证他们爱情的雕塑里，能隐约看到她的影子，听到她生命的律动。

一顿下午茶的工夫，萝卜雕像被时间耗掉灵气，慢慢干燥收缩，在不久的将来更会形毁霉烂。朋友觉得遗憾，想用小刀在表面轻轻刮动，再次补救。我劝住了他。一个名门之后，智慧与美貌兼具的雕刻天才，她的悲剧让人不忍直视。爱上一个不该爱的人，就是倔强的悲剧。像罗丹这样的艺术家也好，多情浪子也罢，不是他不负责任，只是他想负责任的那个人，不是你而已。

荔园的烧鸡

　　老枝、残叶，青红的荔枝挂在十月的枝头，让西昌卫星发射基地在科技带来的神圣感之外，充满不可思议的神奇和神秘。

　　长在山腰的这些果实比市售的略小，润泽却粗粝的表皮隐含一根黄金分割的细线，我的思绪由这浅浅的纹路爬到了增城。

广州增城有较早的荔枝种植历史，杨贵妃和苏东坡爱吃的荔枝，多源于此。"挂绿"荔枝，是有"神仙"助力的品种。史料记载，"八仙"之一的何仙姑就出生于增城。何仙姑常常想念家乡的荔枝，某天，她在西园寺品尝荔枝时，遗留一根绿色丝线，这棵荔枝树上的红果从此就长出了绿色腰线。据说，有棵何仙姑"挂绿"荔枝树的嫡系古树，如今400余岁，增城其他4000多棵"挂绿"荔枝树皆是它的后代。

荔园是增城荔林深处的农庄，它的主人常常为每桌食客摘一盘"妃子笑"。"脑袋大脖子粗，不是老板就是伙夫。"老刘认为这句话总结得精辟。曾是大厨的老刘创立了荔园，年纪渐老后就慢慢把手艺传给了徒弟。好几次，在蛐蛐声沸腾的园子见到他，都是短袖T恤，趿一双人字拖。有时赶巧，会在荔枝树的浓荫里，见他挪动矮胖的身子，拉开一张简易折叠桌，气定神闲地摆好工夫茶具。当他低头夹取茶叶时，后颈处小驼峰般的富贵包就从领口滑出来，整个人就显得更憨厚了。其实，也就那么十几分钟的悠闲时间。他又要回到炭炉旁，守着徒弟，把准烧鸡的火候。

三斤左右的走地鸡，早经各种调料腌制入味，此刻正深陷于与炭炉的热恋，无法自拔。荔树炭会一点点烘干肌理的生分，也烤掉多余的油腻和湿气。白净的鸡身因灼热层层紧逼、环环渲染，最后如彩凤涅槃。

就食客而言，烧鸡的口感不外乎脆皮在牙间咬合时，有如闪电雷击时让人为之一振；鲜嫩的鸡肉，总是充盈着五味调和的舒适感。可对厨师来讲，一千只烧鸡，有一千种不同的味道，他们用各自的专注力，精心烹制每一份烧鸡。蒜蓉、砂姜、洋葱、五香粉、十三香、酱油、蚝油……

这些增鲜提香的调味料搭配组合之后，由温热的掌心慢慢揉搓，一寸寸从毛孔缓缓渗入，最后浸进鸡肉之中；还有一些作料，会直接钻进黑洞般的鸡腹。除了荔枝木，烤炉里可能还有松木、芭蕉叶。炭与鸡在热量循环中自由搏击，每一只挂炉烧鸡，都潜藏着植物的精魂，像《聊斋志异》里描述的某种妖气。或许，正是这些气流汇集往复，烧鸡才有勾魂摄魄的魅力。

从跨进荔园那一刻起，就感受到生活的返璞归真。没有花哨奢华的装修，餐具普通到与寻常家用无异。厨师和客人都以食感为基准，为重心。烤好的烧鸡精细斩块后，拼装进朴素的铁盘。铁盘经年磨损，失去光泽，连荔枝的火红和烧鸡的金黄，都不会在缝隙间留下半点影子。比起对手艺的夸奖，老刘更在意的是，人们能否精确把握食用烧鸡的黄金五分钟。当鸡肉温度下降，质感大打折扣，鸡皮受湿度影响，会逐渐失去焦脆的特性。

有一回，我好奇地走到老刘身边，想要瞧瞧炉内的状况。十几只鸡的表皮已然浅黄，这炼狱般的磨炼，只为供奉我们贪婪的唇舌。烤炉的热气烘得我俩鼻尖渗出细密的汗珠，他问我：“火焰烧鸡，你吃过没有？”我点了点头。他将头轻摇了两下：“也是你们小年轻爱吃，像我接近老年，对那种吃法感到血压上蹿。”

那是市内一家咖啡吧，菜单封面就是烈焰中耀眼的烧鸡。整鸡用迷迭香、百里香等料腌制入味，架在易拉罐啤酒瓶上。服务员往鸡身淋上烈性的白兰地，打火机按钮一声脆响，往鸡身突出的地方一凑，桌上立即燃起蓝色火焰。火苗在餐桌上呼呼作响，胆小的我有些局促不安，不知如何去解析一只鸡，怎样经受酒香沐浴，火烧火燎地完成肉质的蜕变。

火光熄灭，鸡皮金黄亮泽，随手掰下一只鸡腿，鸡汁如石缝间的山泉，滴出一连串其味无穷的省略号。

老刘快速提出烤好的烧鸡，他额头右侧汗湿的发旋，像他敦实的身体正抽出龙卷风。他说荔园必须保留老味道，但也需要创新。

半个月后，我尝到他新研制的锡纸烧鸡。腌制好的鸡在锡纸的嘶鸣中被立体包裹，放进炭炉后，便有了与炭火隔离的多维屏障。浓得化不开的鸡汁在锡纸内沸腾；蓄积的一腔鲜香，像无处安放的青春盘桓在密闭空间，只等某个刀尖揭竿而起，它们便以雷霆万钧之势，席卷周围所有空气。只是，这种烧鸡，我以为它太过细腻娇柔，少了乡野的粗犷之美。

其实，荔园又何止荔木烧鸡让人回味呢？去核荔枝与冰糖熬煮过后，入冰箱冷藏，是客人落座之后，清凉解暑的糖水。炒好番茄酱、白糖、白醋等料调和的糖醋汁，下炸过的酥脆里脊，放入荔枝一同烩匀，就是酸甜可口的荔枝咕咾肉。

十多年没到广州，身在成都这些年，也能感受到荔枝品种的增加。尤其是荔枝王，大如油桃，皮似癞蛤蟆，以猩红夺人眼目。不知荔园是否也添了这个品种，也不知老刘还能不能亲自察看烧鸡的成色。

每回想吃烧鸡时，我唯有东施效颦，将三黄鸡用料腌制，认真裹上两层锡纸，或是串在钢叉上，入烤箱烤熟。这没有烟火气，失去了"烧"之动感的烤鸡，像人即将跨入中年，只剩下心如止水。

朋友知道我爱吃广州的荔枝，六月出差时，特意带了一箱"桂味"给我。荔枝自带潮气，加上盒子焖热，经酒店和动车一天一夜的流转，打开时，大多数长了一层霜雪般的白霉，被我极不情愿地抛弃。剩下完好的荔枝，核小肉嫩，爽甜多汁。她后来才说，自己一颗都没舍得吃，全留给了我。这话似触碰到生命中的某个痛点：我们珍视的许多东西，受某些因素和细节影响，悄然偏离了预设的轨道，最终无法抵达原始的期望。

馒头

　　人的嗅觉，较之其他动物，不能算最为敏锐。然而，人能通过形态、气味、颜色等方面，对自然和生活中的事物，加以概括和总结。

　　每回为儿子洗头时，洗发水在他湿润的头发上揉搓起泡沫时，他便会惊呼，蒸馒头了。那些人工调剂的甜香，原来与面团发酵后，在蒸熟的过程中溢出的麦香是相似的。

在高原，有一种花，当它还是小苞时，颜色红艳，一旦花瓣绽开，便如雪花般纯白。每一朵花都像鼓囊的小圆丘，而每一大丛，几乎都是顶端高耸，四周呈弧线形渐次低矮下去，形成大型的圆丘，远远望去，便如一个个大白馒头。它叫"馒头花"，又名"狼毒花"，有着丁香一般的气味。

明代郎瑛《七修类稿》里说，馒头初始称作"蛮头"。馒头的出现，亦是古人根据形态的转换，用以改变残忍又血腥的祭祀方式。据《事物纪原》里讲，馒头的发明者是诸葛亮。那时，蛮地多用人头祭祀，是诸葛亮命令厨子和面剂，包以牛羊肉蒸熟以作替代。唐代赵璘《因话录》中又说，馒头本是蜀馔，诸葛亮后来只是将它妙用了。

《正字通》有细致描绘："起面也，发酵使面轻高浮起，炊之为饼……"虽将馒头称作饼，但"轻高浮起"，生动形象地刻画了面团发酵后的变化——死板紧致的面团，会蓬松浮涨，变作轻高的云团。

如今，我们将有馅儿的称为"包子"，无馅儿的叫作"馒头"，也有地方称之为"馍"。在四川阆中，有一句顺口溜："凉面热着卖，馒头盖章卖，醋当饮料卖，牛肉熏黑卖。"这里的馒头，就是"阆中三绝"之一——保宁蒸馍。但从三国至清代时期，无论面里有无馅儿剂，几乎都称作馒头。只有个别地方，例外地叫包子。如《饮膳正要》介绍的仓馒头，就是以羊肉、羊脂、葱、姜和陈皮切细，入料物、盐、酱和而为馅儿。古人对于馅儿料的讲究，也不逊于今人。

每到傍晚，小区门口的扩音喇叭总会萦绕一个叫卖声，无限循环地喊着"老面馒头"，温柔中带着刚强，像勤劳的农村母亲，透着朴实和坚毅。念旧的人，对口感有特殊需求的人，总会前去买上三五个。老面，也叫"酵子"，是蒸馒头时剩下的少量生面团，里面含有酵母菌，任其自由发酵，下次揉新面时，将它用温水化开，作为引子所用。在老面的保存过程中，里面不断滋生乳酸菌，难免带着酸味。做老面馒头，需准确地取用适量碱去中和，才能让馒头的酸味和碱味巧妙地隐于无形。

酵母馒头，制作起来容易得多。水、面和酵母以一定比例揉成光滑的面团。按重量比，面二水一，每100克面粉加1克酵母；按体积比，则为面三水一。如果面里略加一小撮食盐和白糖，更添风味。揉面讲究"三光"，即盆光、面光、手光。待揉好的面团自然膨胀，用手指戳开，有蜂窝眼出，便可随意揉弄，造型后进行二次发酵，适时蒸熟。酵母馒头，当然也能一次发酵，即是将面团揉好后，醒发十分钟，便取其造型，待生坯发至两倍大，入锅蒸熟。蒸馒头需要一气呵成，中途不能闪火。蒸熟后，亦不宜马上揭盖，关火待它三五分钟，叫"虚蒸"，是为了防止温差遽然出现，导致馒头回缩。但也不宜在热锅上停留太久，如果蒸汽凝结回滴，馒头不但塌陷，表面还会坑坑洼洼。不同的发酵方式，口感有细微区别，二次发酵的馒头往往比一次发酵更松软筋道。

当然，馒头的筋道，并不完全取决于工艺，原材料的选择至关重要。高筋面粉和中筋面粉做出的馒头，筋道和口感区别明显。而低筋面粉，由于筋度低，延展性和弹性都弱，多适于做糕点。如果技巧得当，用质地优良、筋度大的面粉，能揉出弹韧十足的馒头，撕开过后还能片片分层。有一回，我做南瓜馒头时，由于蒸熟的南瓜泥含水太重，也因南瓜含糖，加了酵母的面团越揉越稀，只得分次另添面粉。那手臂酸软的一个小时，使蒸出来的南瓜馒头有橙黄的色泽，还有如吐司面包般，一撕一层的奇妙口感。

南瓜馒头，是在颜色上对其进行改观，而红糖馒头，就是味道和颜色的双重改变。普通酵母，会被大量的糖分破坏，从而失去活性，这时就要选择耐高糖酵母了。重庆有家专做红糖馒头的店铺，不光在揉面时加入红糖，在首次发酵成功，揉成生坯时，另外裹进红糖颗粒。深浓的棕色，沁人的甜蜜，人仿佛立于甘蔗林间，接受阳

光的洗礼。

花朵馒头，因其新颖多变的造型，又走向了审美的方向。有一段时间，特别流行玫瑰花馒头。将胡萝卜打成汁，或用紫薯蒸熟得泥，与面混合，揉成彩色面团。稍微静置后，便做成大小不一的剂子，擀成圆片，按大小以及花瓣的排序方法铺好，然后对切成两份，每一份都分别顺势卷而成花。发酵面团可塑性不大，所以花样馒头一般是将造型做好，一次发酵成功过后，直接蒸熟。无论何种造型，面坯一定要发酵成功，吃在嘴里若是死面疙瘩，所有的功夫都将是徒有其表的无效劳动。

小时候，买过很多次河南刀切馒头，如今却很少遇见，那些馒头里有糖精甘苦的味道，样子白净细滑，又非常松软，拿在手里又轻又大，紧捏时却缩作小团。正如《调鼎集》里描述的"手捺之不盈半寸，放松乃如高杯碗"。所以，吃河南馒头，总让人感觉饥饿。一个山东朋友，每天都要吃个大如头、口感扎实的高老庄馒头，质地紧实，冷后用刀切时有面渣掉落，与河南馒头似有天壤之别。

白面馒头，没有噱头和花样，但每一口，都直接呈现麦子本身的状态，也体现在制作过程中对每个步骤的精准掌握。好比同样用一千个汉字，有人能将其组成美妙华章，有人却拼凑得牵强难看。除了天生禀赋之外，大多考验写作者对文字的洞悉和推敲，以及耐心和细致的程度。对于像我这样的业余爱好者而言，写作多属一种精神诉求，并不妄求它能带来额外的东西，就像吃白面馒头，仅仅是一种身体需要。然而，对待这种需要，如果认真一点，多钻研一些，其滋味便会有所不同。做菜与作文，好像也是相通的。

蚂蚁上树

下课铃响后不久，三号食堂的窗口就排起了长龙，"蚂蚁上树"和"碎米肉"是这里的招牌菜。像我这种为减肥而节食的人，每周也会去光顾一回。切碎的泡豇豆酸脆开胃，粉丝与肉末合炒出鲜咸弹盈，总给人一种莫名的蛊惑。

打饭的厨师个子不高，且胖，脖子上总围着一根毛巾，当两颊的汗水流到耳根的时候，他就顺势将头一偏，汗水自然就浸到毛巾里了。一到夏天，那根毛巾又湿又重，像架在他身上沉重的枷担。

"半两饭？"

"嗯！"

"不行，要不然蚂蚁上树也少来点？"

"那七钱嘛？"

"一两！饭菜要相当，不然再好吃的下饭菜也要吃伤（腻）。"

"那一两嘛！"

二十年过去，虽然很少再吃那两道菜，但偶尔还会想起那个在某些时刻比我还要倔强的胖厨师。

最近，儿子在幼儿园的生活记录中，每有添饭举动

的餐食，就有蚂蚁上树。或许，那食堂里也有一个既专横又懂得侍弄胃口的胖厨师？

我假装问儿子："蚂蚁还能当菜吃吗？你还添饭了！"

"那是粉丝和肉末！"

"那为啥子叫蚂蚁上树？"

"因为肉末粘在粉条上，就像蚂蚁爬在大树上一样！"

粉丝炒肉末，又名"蚂蚁上树"，是以形态命名的一道菜。坚硬的粉丝在水和时间的浸润下，会变得透明绵软，又经热量传递，或筋道弹韧，又或细滑酥软，一旦吸饱肉汁，就变得鲜香醇厚。

关于蚂蚁上树的来历，流传最多的是与窦娥有关。据说窦娥家境贫困，因无钱给生病需要营养的婆婆买肉，只得去肉铺赊账，切得少许，回家剁碎，机巧地配以粉丝合炒，无意中成就了一道名菜。

《窦娥冤》本是关汉卿由"东海孝妇"的民间故事取材而作，故事发生在楚州（今淮安）山阳县。窦娥的命运虽然多舛，但蔡婆婆在失去丈夫和儿子之后，还有赛卢医的欠账要收，手头较为宽裕。在张驴儿炮制的毒药事件发生时，她在病中还想喝一碗羊肚汤，且要讲究盐醋调和，更表明衣食无忧，能随时吃上廉价的猪肉，就更不消说了。在窦娥冤死之后，已经身为廉访使的窦天章，也直接问过蔡婆婆："我看你也六十外人了，家中又是有钱钞的，如何又嫁了老张，做出这等事来？"

如此看来，川味"蚂蚁上树"本质上与窦娥没有丝毫关系，只能说这窦娥身单势弱，在恶势力相互勾结的封建社会，被欺侮的她毫无还手之力，命运惨如蝼蚁。当"孝"与"慧"的元素糅进一道朴实的菜肴时，就增添了庄重和神圣之感。而真相，却残忍地破坏了这一切。

一个厨子若是认真起来，他会对制作蚂蚁上树的原材料进行反复筛选。他面前可能会摆上绿豆粉丝、红薯粉丝，还有豌豆粉丝。

在肉末加姜葱蒜末和豆瓣炒香之后，放入泡好的绿豆粉丝，它慢慢吸饱肉汁，柔软细滑，不荤不浊，也不易结团。即使偶尔几根相互纠结不肯放手，只用筷子轻轻一拨，便能条条分离。倘若换作豌豆粉丝，不但一时难以熟透，熟后多半结成团块，那些肉末便如围着地球仪到处打探，却怎么也难以攀附上去的热锅蚂蚁了。

也许，是前生在地里的某个巢穴共同出没过，使得红薯粉与"蚂蚁"似乎更加契合。红薯粉丝泡涨后切段，与肉末合炒，会在牙齿上滚动出双重肉感。其实，一些经验独到的厨师，会在绿豆粉丝上找到相似的感觉。透明的干绿豆粉丝可以用热油炸出蓬松的白花，再与肉末汁水一同烧制，口感和体态更加妖娆丰腴。

还有一种极致的追求，则是在选肉和肉的处理上下功夫。一个厨师发现，肉末在炒香后盛出来再次斩细，待粉丝快烧熟时，再入锅一同炒制，肉渣会均匀而牢固地粘在每根粉丝之上，每一口都无厚薄和多寡之别。

曾在一家菜馆见到真正的蚂蚁"上树"，数十只黑蚂蚁附着于粉丝之上，简直令人毛骨悚然。乍看菜品档次提升，也更贴合菜名，但那种似蚂蚁在心上乱爬的膈应，让人无法下箸。

人们对于粉丝的喜爱，其实不单是用作炒菜或拌菜。川东有一句方言，叫"喝粉汤"。粉汤是表扬的意思。喝粉汤，是接受某种赞誉或夸奖。可见，粉丝是一种幸福的馈赠。

具有热量的淀粉先经沉淀，细腻的粉糊又在热水锅中瞬间定型，像劳动人民注入丝丝美好的祈愿，在太阳下充分晒掉内心的阴郁，才有了粉丝屡屡温柔的呢喃。

我知道，如果将粉丝煮得硬一些，就能咀嚼到生活的坚韧；假若煮得软一点，就能触碰到日子的柔情。

那些软滑的粉丝在口腔游弋之时，像一个婴孩在睡梦中无意识地转向母亲，闻到她熟悉的发香，露出纯真的微笑。母亲又轻轻抚摸那溢着奶臭的脸蛋，轻轻地唤了一声，幺儿……

腊肉飘香

　　临近腊月，社区便会挂一条横幅——"禁止剔柏丫"。剔柏丫，熏腊肉。见者心里咯噔一下，快过年了！

　　熏肉不能用干柏枝，遇火就着，挂着的肉就会变成烧肉。鲜柏丫也不用主干或粗枝，只需用刀斜片一些小枝丫，名曰"剔"，而不叫"砍"。

专门熏肉叫"窝烟"，除了用鲜柏丫外，可撒一些锯末面，若加点香樟叶和橘皮，那最好不过。熏肉的小棚常常烟雾弥漫，偶尔一阵歪风吹来，惹得人泪眼婆娑。

在农村的火塘熏肉则不同，肉一般挂在上方较高的位置。即使柏丫底下便是跳跃的火焰，也很少担心肉被烧着。偶尔呼啸一声，湿柏丫也被大火点燃，火苗笑着蹿到半空，噼噼啪啪，刺啦刺啦，是油脂的回响。这时，得赶紧用火钳灭掉它嚣张的气焰。爷爷常说，火在笑，客要到。

有一回，我在熏肉的火塘取暖，寒冷的空气使我越凑越近，不知不觉睡熟。第二天起来，弟弟喊我刮掉鞋尖上的一块黑泥。我以为是踩了一块烤红苕锅巴，却怎么也戳不掉，原来是白胶鞋烧煳了。

腊肉好吃，腌制时要花心思。除了后期的熏味儿，腌制工序也决定它的成败。先用八角、花椒、桂皮、香叶等炒出五香盐，再把洗好擦干的肉用它均匀涂抹，放在大钵里腌上几天，让咸香味渗进肉里。腌透之后，用热水洗掉多余的盐分，挂起来吹上几天，再进行熏制。

这世间最过瘾的"偷吃"，非案板腊肉莫属。刚煮好的腊肉，捞出来，趁着滚烫，快速切片。按肉的那只手，带着一丝隐隐的灼痛，一点一点移位，所及之处是饱满的柔弹。偶尔偷抓一片放进嘴里，丰腴软糯却丝毫不觉肥腻，像滋润了干涸过一个冬天的大地。

当年我还在开餐馆时，有位熟识的老顾客要请客吃饭。我问他客人的饮食习惯及爱好，他说那位县长最想吃家乡的案板腊肉。正巧，我们刚刚去乡镇上采购了一些农民用传统手法熏制的黑猪腊肉。我挑了上好的一块，加水煮熟，厨师将它片成均匀的薄片，扇形排开。在县长面前，每一片腊肉晶莹剔透而又妖娆。整盘腊肉全部吃完，县长说，安逸遭了。

经得起时间洗礼的食物，都有一种博爱的情怀。盐菜与腊肉一样，都是能长久地安放在阴影里，默默为生活点亮光芒的小确幸。盐菜以芥菜属为原料，在重庆和达州等地常见。从地里砍回的大芥菜，先要接受阳光的晾晒和风吹，再淘洗掉灰尘，挤干后加辣椒粉、花椒粉、盐等调料仔细揉搓入味，最后入坛慢慢发酵。年份越久的盐菜颜色越深，我儿时在八奶奶家吃的老盐菜经过了九个年头，已成黑色，那些芥菜的茎，在舌尖散发出馥郁的陈香。

20世纪七八十年代生的川东孩子，对老盐菜和腊肉有特殊的眷恋和情感。它们经常躲在上学的书包里，陪伴我们在山间小路上高低起伏。这种米饭的忠实伴侣，自然存放都不易腐坏。由于制作手法的细微差异，每家做出的盐菜炒腊肉，都有自己的味道，我们往往会交换尝鲜。

在异乡打工的人，常常有想吃腊肉和盐菜的念头。像盐菜炒腊肉这种带着乡愁的菜肴，在过年的席桌上往往是他们最先伸筷的对象。年前跟随他们从四面八方走回家，载着各式礼物的大行李箱，在年后又装满了飘香的盐菜和腊肉，向南北东西进发。

火车轰隆隆地震彻整个火车站台，留守的孩子泪眼送行。而他们常常以一颗"铁石心肠"，径自消失在冰冷的列车上。他们承载着一个家庭的期望和寄托，以无穷的力量填充到各个行业、各个角落，他们是这个世界上最温柔的铁汉。在接下来近一年的日子里，那些盐菜和腊肉就成了填充思念的最好食物。

炒腊肉并没有固定搭配。捞两个泡萝卜，掰几个儿菜，掐一把蒜薹，抑或切几片土豆都可以。腊肉与新鲜菜，能碰撞出"万紫千红总是春"的味道；同各种腌菜为伍，可释放出"梅花香自苦寒来"的况味。配比的新鲜菜在与腊肉同炒之前，最好单独用适量盐抓匀，下锅则无须再放，以免使腊肉咸上加咸，错杀了香味。

用藠头和蒜苗炒腊肉，湖南人钟爱。湖南的腊肉大多与四川类似，味道略有差异。我觉得腊肉并不为其特色，腊鸡、腊鱼才是。腊味合蒸，是许多湘菜馆的招牌菜。腊肉切片，与剁块的腊鸡和腊鱼一起蒸，上面可铺些干辣椒丝。失去水分的腊鱼和腊鸡被腊肉的油脂一点点充盈，干香醇厚而又活泛，十分耐人咀嚼。入口一瞬间，便让人明白，上了年纪的女人，要额外补充胶原蛋白的缘由。

湖北安陆人做腊肉不烟熏，大多只放盐腌好，洗净后直接悬挂。用盐不能吝啬，挂肉的地方要保持干燥通风，否则整个屋子就"异味深长"了——臭味。

我们这一代人，很少有人再亲自置办腊味，大多接受长辈的馈赠，或是购买。回故乡过年的人越来越少，曾经浓烈喜庆的氛围逐渐轻描淡写。许多仪式，经我们柔滑的双手，已悄悄溜走。

新年旧食

年，是被许多声音敲开的。

到了腊月，村里陆续传出生猪的号叫，会让一年的缝隙快速闭合。杀年猪，吃刨汤肉，热锅热灶热血沸腾，冲破了山村的寒冷。当天吃不完的新鲜猪肉，可用五香炒盐腌制过后烟熏成腊肉，也可做成酢肉。在新年里吃腊肉和酢肉，都算是旧食，以旧迎新，承上启下。

酢，即今天的"醋"。酢的历史悠久，北朝的《齐民要术》对它就有详尽记载。制酢的原料是米饭，而做酢肉需要米粉，它们都是利用淀粉糖化之后，经乳酸菌作用产生乳酸，继而散发酸香。蒸熟的酢肉软糯，不像醋那般单调激进，酸味随油脂柔和地抵达舌尖，并产生丰盈悠长的回音。

酢肉，是储存新鲜肉的巧妙方式，它的前身是粉蒸肉。乳酸不但能起到保鲜作用，还能让肉类附加一种自然的神秘。将五花肉切片，用姜葱蒜末、酱油、甜面酱和米粉拌匀，喜辣者可剁些辣椒一同拌入，再入坛加盖发酵，随着米粉在黑暗中缓慢酝酿醋意，辣椒也渐渐从生辣变成酸辣，浸染了蚀骨的稻香。也有人在盛产辣椒的时节，只用辣椒和米粉入坛，做成酢辣椒。酢辣椒可单独炒熟直接当菜，也可在吃刨汤肉那天用来蒸肥肠炒肥肠。无论哪种酢食，都是它历经黑暗过后，在味觉上带给人们的光明。

弟弟应该是对酢肉印象最深的人，他却毫无记忆了。那一年，他还不到五岁，到外婆家拜年，团年饭就有蒸酢肉。那时的酱油颜色深味道浓，舅妈在腌肉时不小心多倒了一些，肥嘟嘟的猪肉全都染成了棕色。酢肉酸香不腻，与鲜肥肉的油腻大相径庭，颜色也与平常腌后的瘦肉相似，这让点肥不沾的弟弟误以为那全是瘦肉，小小的娃儿就把一大碗蒸酢肉包圆了。大人生怕他吃坏了肠胃，却无论如何都夺不掉他手上的筷子，仿佛每一块酢肉，都是筑牢身体防线的火砖。

大年三十，围着火塘守岁，挂在火塘上方的腊肉会有油脂滴落在干柴上，年就有了火苗猛烈跳动的刺刺声。当春晚零点的钟声响起，四处就有不约而同的鞭炮声了。初一清早开始，各家各户都有孩子们三三两两的拜年声。

陈家沟与江陵寨坪相隔三十多里，我们去外婆家过年的声音就更丰富了。下完八里坡去过河时，有艄公的号子；又气喘吁吁走到七里碥，看汽车绝尘而去，灰尘呛进鼻腔时会发出一阵咳嗽声；还有接下来要爬一座大山，我们疲乏时的种种喘息。

当然，一路上也少不了大人的鼓励，以及他们用讲故事来分散注意力时，发出一种寻常不曾听到过的让人崇拜的声音。这些声音里，也伴随着大自然带来的震撼，比如偶尔一个水库宽阔无垠，风乍起时，会折叠出层层波纹，像在心上掀起浪花。某处小溪在沟谷流淌，悦耳澄明的节奏能瞬间止住身体的烦渴。最新奇的，要数斑鸠咕咕咕的叫声。它们常常在头顶的树上，或是在远处的坡地里，对着大地不停点头，无须张开嘴巴，胸腔自然就震出声声鸣叫。它们脖颈上那堆雪花状的斑点，仿佛是被这些声音圈出来的符号。

年味，在家人的啧啧声中越来越浓。母亲兄妹七人，各家开枝散叶，每年齐聚一堂时，其乐融融的场面，让诸多乡邻羡慕。这些称赞，多属于外婆和两个舅妈，她们持家做菜都是一把好手，在大门墙上"五好家庭"的红字上，我常常能看到她们的影子。

那时，人们的生态观念多未形成，对于野生动物还没有保护意识。在我们嘻嘻哈哈游戏时，偶尔会听到几声枪响，不久之后，便会见到有

人提着几只断气的斑鸠走进厨房。它们的羽毛在开水中一根根被轻松拔掉，接下来，厨房里就传出刀背在它们的骨头上细密斩剁的噔噔声。斑鸠的骨与肉，最终又在刀口下斩成细渣，像新翻的泥土，带着原始的腥气。过年没有鲜辣椒，泡椒、生姜和大蒜剁成细碎，就成了主要作料。如果泡椒太酸，还要淘洗掉多余的酸味，以免夺了肉的鲜香。热油将斑鸠渣的水汽炒干过后，淋少许白酒，用烈性杀掉野性，骨和肉都受到作料的猛烈攻势，变得酸辣可口。吃到它的人，便会用啧啧的感叹，去褒奖几小时前还在鸣叫的鸟类。

如今很多动物都在保护之列，炒斑鸠自然早就成为旧食。加之年纪越大，人越慈悲，对于许多肉类也不忍下箸。逝去的亲人越多，对活着的亲人就越珍惜。认亲，是因有同一血脉而骄傲，有同样的回忆而温暖。

大年将至，突然想起过年的旧事旧食来，在大家族群里问炒斑鸠的方法，其实是想外公外婆了。亲人们的回复很快密密匝匝地从屏幕弹出来，大姨父做了最后总结，还是外婆炒的味道最好，其余人无不赞同和感慨。那些吃不到又无法复制的旧食，于无形中已经具有某个人的灵魂。身体存在的时间有限，而精神留存久远，在怀念中，他们的肉身虽已泯灭，而灵魂依然不朽。

那些逝去的亲人，也会在过年时吃到生前喜欢的旧食。他们的年里，会响起噼里啪啦的鞭炮声；火柴擦亮的刹那，碳磷碰撞的惊叫声；还有蜡烛和青香点燃时，烟雾通往另一个世界的探路声；以及纸钱烧出熊熊火焰，我们发出的带有温度的祈祷声。

我常常守在纸堆旁边，等它们全部烧成灰烬，偶尔一处漆黑的炭灰上，会突然快速地蹿出一路星火，那一定是在另一个世界的亲人，开心地向我奔跑而来。

一碗汤圆，团团圆圆

　　腊月里，正午的太阳让穿着棉衣的后背微微发热。而院子里，簸箕上铺着的雪块，毫无融化的迹象。当水分被阳光慢慢吞噬，它愈发坚挺。太阳渐渐西沉，晚霞搭载那一片纯白，映照出独特的光泽。

碰上几日好天气，似雪的汤圆粉，摆脱了糯米与清水在磨合中所留下的潮湿。母亲手里的戳瓢，永远张着鸭舌状的大口，吞下一堆又一堆雪块。为了防止霉变，汤圆粉被安放在干燥之处，静待新年时开启甜蜜。

尽管种植的谷物中，糯米所占比重不大，但它仍然不可取代。大年三十晚上，熬夜守岁，耽误了瞌睡。正月初一清晨，许多人还是会被基因里，对于软滑黏糯的钟爱所唤醒。

汤圆粉在母亲手里变得散碎，再淋半碗温热水下去，拌和、揉搓，粉团就会越来越滋润软和。捏捏耳垂的硬度，再试探面团的手感，彼此一致，是母亲当年做汤圆不败的小窍门。将粉团分成小剂子，包上事先备好的红糖馅料，便可搓成球形。

汤圆是"包"出来的，元宵是"滚"出来的。但母亲总说，团汤圆。手心的温度，会让汤圆重新泛出潮湿，掌纹在球体表面不断交错重叠，像我们偶尔失神，毫无目的地重复走过的道路。

生汤圆重重地一头埋进开水锅里，再一点点上升，直到完全浮在表面，不时淋一点冷水，用小火慢"憨"。"憨"汤圆，"憨"滑肉，微弱的火力，慢慢渗到内里，柔弱的表皮莹亮润泽，却不会爆裂和夹生。

幼时，我每年都只问母亲要一个汤圆，因为甜腻让我食欲收敛、脑袋犯困。母亲说，汤圆要双不要单。我只好硬着头皮吃下两个。初一不能吃面，是家族习惯。筷子夹面，磕磕绊绊；一碗汤圆，团团圆圆。十多个棉团似的大汤圆，垒在深碗里，被父亲笑盈盈地端走。我陷入一阵不可思议的冥想。

初三，徒步到十五里外的舅舅家，携幼带礼，爬坡上坎。大人们总是连哄带喝，用路边迎风招展的马尾草，抑或从林间突然扑腾而出的小鸟，打发孩子们的不情愿。这一趟跋涉，我们往往会带汗而至。喘着气，坐在长条凳上，牵牵后背内衫，再扣上刚才敞开的外衣，只等舅妈用食物来慰藉。

当吃汤圆从仪式感变成娱乐项目时，先前的疲惫很快一扫而光。二舅妈在汤圆里包上稀奇古怪的东西，汤圆成型的速度，滚动着她的精干。当勺子伸进嘴里，咬到的可能是一枚讨彩的硬币，又或许是令人哈气的辣椒。无论哪位长辈吃到那些特殊的汤圆心子，都会令屋内一阵狂欢。我们在旁边跟着起哄，把年味越闹越浓。

元宵节，我们叫"过大年"，标志着春节要画上句号了。吃汤圆，并不是这一天的主要仪式，节日的氛围以及操办程度，略逊于年三十的过年饭。桌上多会有炸汤圆。汤圆剂子直接下油锅炸酥，它金黄的身体，轻盈而且蓬松，后再回锅，沾一层熬化的红糖，穿一层糖衣。炸汤圆，有新媳妇的甜美和娇俏。

现在，汤圆并非过年的特殊饮食。但舌尖的记忆，就像心理学上的"印刻效应"。有一年年关，三爸家生意异常火爆，缺少人手。我们在细雨中，从市内搭车抵达万家，跟着三爸一起吆喝，卖年货。寒冷的街头，来往的行人络绎不绝，脚下泥泞，仍然阻挡不了乡下人对"年"的热情。

晚饭后，三爸不顾连日来的劳累，又在厨房揉起汤圆粉，要做红糖汤圆。我很熟悉那些汤圆，要在我嘴里生出何种滋味。但在并不太明亮的厨房里，看到他眼里放出微妙的光芒，一个沧桑的中年男人，有一瞬

间的天真。像不辜负爱一样，我一口气把两个汤圆的甜腻，吞到本已饱足的肚子里。

我们成长的速度，似乎总赶不上社会发展的步伐。一代代人，不但有年龄上的代沟，也出现食物偏好上的断层。为了迎合越来越复杂的人群需求，汤圆的馅儿种类繁多，花生、黑芝麻、果仁、水果，不一而足，色彩也不再单一。若只用糯米粉搓成细小的颗粒，与枸杞、红糖一同煮熟，后放上醪糟，即是酒酿小丸子。而大汤圆，可将其炸熟，再与酸菜同炒，成炒汤圆。

汤圆单纯的甜道，早已有所丰富。市中心有家汤圆小吃店，这些年来经久不衰。其咸味汤圆，成为一绝。鲜咸的肉汤圆，搭配海带丝和大骨熬成的汤头，入口过后，白胡椒的气味隐约可感，而后有葱花钻到口腔，被牙齿榨出浓烈的香气。还有野山椒味的肉松汤圆，像把潮流与刺激，统统揽到了碗里。

这些年的正月初一，家里对于早上吃何物，早就没有硬性规定。初三又到舅舅家拜年，初四早晨起来，舅妈团的汤圆恬静地漂在锅里，灶上还有一大盆酸辣肉丝挂面。还健在的长辈，象征性地吃两个汤圆，筷子都往面盆里转移。他们的话里带着揶揄，目光中晃动着多年来，熟悉又日渐衰老的影子。但生命的灵动，依然在屋内流转。只要亲人都好好活着，偶尔拌嘴，亦是幸福的团圆。

小炒鸡

材料 鲜鸡腿 3 只、香芹 3 根、大蒜 3 瓣、红葱头 1 个（香葱白几根代替）、生姜 1 块、鲜小米辣 5 个、白胡椒粉 1/2 茶匙、酱油 2 汤匙、蚝油 1/2 汤匙、黄酒 1 汤匙、干淀粉 1/2 汤匙、植物油适量、盐适量。

做法
1. 鸡腿去骨切条，加黄酒、白胡椒粉、蚝油、干淀粉和 1 汤匙酱油，抓匀腌 10 分钟。
2. 芹菜切段；姜切丝；蒜切片；葱切片或末；小米辣切细。
3. 炒锅烧热，倒足量油，油热后，放鸡肉中小火滑散断生，只将肉盛出。
4. 用锅中底油炒香葱姜蒜和小米辣，再放芹菜，调 1 汤匙酱油，翻炒几秒。
5. 放鸡肉，翻炒均匀，尝味放盐，炒匀即可。

备注 滑鸡肉时宜热锅凉油，油要足量，才不易粘锅。

新味拌鸡

材料 大鸡腿 3 个、盐焗鸡粉约 40 克、生姜 1 大块、香葱 1 把、花生油少许、
白芝麻 1 汤匙、辣椒油 2 汤匙、蒜泥适量。

做法 1. 鸡腿洗净擦干，将盐焗鸡粉均匀揉在鸡腿各处，密封冷藏 2 天。

2. 姜切厚片，铺一层在电饭锅底部。

3. 半把香葱切长段，均匀铺在生姜上面，淋进少许花生油。

4. 把腌好的鸡腿平铺于锅中，按快煮键焗好。

5. 将鸡腿表面的盐焗鸡粉刮掉，稍凉后撕成粗条入碗。

6. 调入蒜泥、剩下的香葱段、辣椒油和白芝麻，拌匀即可。

备注 不同的盐焗鸡粉咸度不同，腌制时长和分量有变化，视盐渗透入味
为准。

豆腐煲

材料 老豆腐1块、香菇10朵、大葱1段、大蒜4瓣、酱油2汤匙、蚝油1汤匙，花生油3汤匙、盐适量。

做法
1. 香菇切大块；大蒜切片；大葱切圈；豆腐切厚片。
2. 平底锅烧热倒油，油热后放豆腐，中火煎到两面金黄，只将豆腐盛出。
3. 用锅中底油，中小火炒香大蒜和大葱。
4. 倒入香菇，炒香后放豆腐，调酱油、蚝油翻匀。
5. 将小半饭碗开水淋入翻匀，移至砂锅，小火加盖煲至收汁，即可。

备注 视个人口味，中途试味放盐。

红烧狮子头

材料 肥三瘦七肉馅儿约 500 克、鸡蛋 1 个、莲藕约 80 克、大葱 1/3 根、生姜 1 块、干淀粉 3 汤匙、黄酒 1 汤匙、酱油 2.5 汤匙、蚝油 1.5 汤匙、白胡椒粉 1/2 茶匙、植物油适量、盐适量。

做法

1. 肉馅儿加黄酒、鸡蛋、白胡椒粉、适量盐，再将大葱和一半生姜剁末放进去。

2. 调入半汤匙蚝油、半汤匙酱油，朝着一个方向充分搅拌。

3. 将莲藕剁碎放入，再放干淀粉，继续朝一个方向搅拌上劲。

4. 将肉馅儿整个抓起，重复摔打几十次，再分成6份滚圆，扑上干淀粉。

5. 净锅烧适量油，油热后将大肉丸表皮煎黄。

6. 把肉丸放进砂锅，倒入充分没过它的水，调 2 汤匙酱油、1 汤匙蚝油。

7. 将香葱打成结，同剩下的姜切片放入，大火煮开后，微火加盖焖 1 小时。

备注 煎肉丸要注意翻动，受热均匀，若改为油炸，形状更好一些。

鲜虾萝卜丝饼

材料 净鲜虾仁约 150 克、白萝卜约 250 克、香葱 2 根、生姜 1 小块、白胡椒粉 1/2 茶匙、黄酒 1/2 汤匙、干淀粉 4 汤匙、花生油 2 汤匙、盐适量。

做法

1. 萝卜擦成细丝入开水锅煮软捞出，放凉后挤掉汁水，切细粒。

2. 香葱切葱花；生姜剁末；虾仁切粗粒后，用刀背斩成细泥。

3. 虾泥中放黄酒、萝卜粒、白胡椒粉、干淀粉、1 汤匙花生油和适量盐。

4. 朝一个方向，搅匀至上劲后，放葱花继续向一个方向搅匀。

5. 平底锅烧热，放 1 汤匙花生油推匀，油热后关火。

6. 用勺子挖一块虾泥，入锅轻轻按平，逐个做完后再开小火，加盖煎制。

7. 一面煎黄后，翻另一面，继续加盖煎黄，即可。

备注 要用刀背才能将虾仁斩成细泥。

鲜虾粉丝煲

材料 鲜大虾 15 只、绿豆粉丝 1 把约 40 克、香菇 5 朵、大蒜 2 瓣、香葱 2 根、咖喱粉 1/2 汤匙、白胡椒粉 1/2 茶匙、干淀粉 1/3 汤匙、蚝油 1.5 汤匙、酱油 1 汤匙、黄酒 1 汤匙、鸡蛋清 1/2 个、花生油 2 汤匙、盐适量。

做法

1. 将虾头剪下，去掉虾枪，挤净虾头中污物，冲净后沥水，加一半胡椒粉拌匀。

2. 虾身去壳开背，剔除虾肠，冲净挤干。

3. 放鸡蛋清、另一半胡椒粉、干淀粉和适量盐充分拌匀，入冰箱冷藏半小时。

4. 粉丝剪断，用大量清水泡涨；香菇切厚片；香葱切长段；大蒜剁末。

5. 净锅烧热后放油，油温后放虾头，中小火煎红后，放蒜末和葱段炒香。

6. 炝入酱油，冒泡后调入黄酒，倒 400 毫升清水（鲜汤）。

7. 放香菇，调咖喱粉、蚝油，中火煮开后，小火熬 10 分钟。

8. 尝味放盐，下粉丝和虾仁翻匀，移至砂锅，加盖焖熟即可。

备注 粉丝和虾仁焖熟后，若留有汤汁，口感爽滑；收干则更筋道。

红烧鹌鹑蛋

材料 鹌鹑蛋 20 个、泡发小木耳 1 把、生姜 1 块、大蒜 4 瓣、香葱 3 根、酱油 1 汤匙、香醋 1 汤匙、白糖 1 汤匙（平）、郫县豆瓣 1 汤匙、干淀粉 1 汤匙（平）、花生油 600 毫升（实耗约 4 汤匙）。

做法
1. 大蒜、生姜切末；香葱切葱花；豆瓣剁细。
2. 鹌鹑蛋入冷水锅大火煮开，加盖小火煮七八分钟至熟。
3. 马上将鹌鹑蛋捞入冷水，剥掉蛋壳。
4. 炒锅烧油，油六成热时，放鹌鹑蛋，中火炸至蛋呈金黄虎皮状沥出。
5. 锅里留 2 汤匙底油，中小火将豆瓣炒香出红油。
6. 放姜蒜末炒香后，放木耳炒均匀。
7. 注入 150 毫升清水（鲜汤），放入鹌鹑蛋，调入酱油、香醋、白糖。
8. 转小火，加盖焖烧约 8 分钟（中途翻动，尝味放盐）。
9. 大火收汁，淋入用 1 汤匙干淀粉（平）和 2 汤匙清水兑成的芡汁。
10. 芡汁亮油时，放葱花翻匀即可。

备注 炸鹌鹑蛋时，火不能太大，时间不能太久，否则表面凹凸不平。

迷迭香烤羊排

材料 羊排约400克、迷迭香2枝、生姜1小块、大蒜3瓣、干辣椒粉2汤匙、番茄酱2汤匙、蚝油1汤匙、黑胡椒粉1茶匙、酱油1汤匙、盐适量。

做法
1. 羊排入清水中漂清血水后沥水；迷迭香切碎。
2. 将生姜、大蒜、干辣椒粉、番茄酱、蚝油、黑胡椒粉、酱油和适量盐入料理机打成泥。
3. 将步骤2的酱汁和迷迭香放入羊排，均匀揉搓一会儿，腌3小时以上。
4. 烤盘放锡纸，放羊排包住，入预热好的烤箱（180度）中层。
5. 上下火烤30分钟后，打开锡纸，翻面再烤15分钟，即可。

备注 此酱汁也可用来腌烤鸡翅、排骨等。

芝麻葱香饼

材料 面粉约 150 克、温水 1 杯、芝麻 1 汤匙、香葱 4 根、鸡油适量（其他油代替）、盐适量。

做法

1. 面粉放温水和适量盐，揉成光滑的面团，用湿布盖住，醒 30 分钟。
2. 将面团擀成薄皮，均匀刷一层化鸡油。
3. 切葱花均匀铺于其上，再均匀撒少许盐（和面时已放盐）。
4. 从一头开始，搓卷成长条形后，盘成圆饼。
5. 用擀面杖轻慢擀开成薄饼，撒一层芝麻轻擀，至其贴在面皮上。
6. 平底不粘锅放 1 汤匙量的鸡油，刷开至整个锅底。
7. 小火烧温后，放饼坯入锅，表皮再刷一层鸡油。
8. 小火慢煎至两面金黄熟透，即可。

备注 若用电饼铛加盖焖煎，更易熟透。

紫薯南瓜饼

材料　南瓜、紫薯、糯米粉、面包糠、植物油适量。

做法
1. 南瓜和紫薯去皮蒸熟，分别捣成细泥；
2. 南瓜泥放温后加糯米粉，揉成与耳垂软度相似的光滑糯米团。
3. 以揉好的面团 300 克为例，将其分成 10 份，团成光滑的圆球。
4. 紫薯放凉后，分别搓成 10 克一个的小圆球。
5. 在糯米团里按一个深窝，放上紫薯球包严，再搓成光滑的糯米球。
6. 将糯米球小心按扁成饼，不要露馅，再均匀裹上一层面包糠轻压至紧。
7. 锅中烧大量油，油六成热时，放南瓜饼中小火炸至其浮起来。
8. 转中火，炸至两面外壳酥脆后，夹出沥油，即可。

备注　此菜谱没有分量，因为南瓜的含水量不同。

紫薯花卷

材料 面粉约 350 克、酵母约 4 克、清水约 175 毫升、牛奶约 15 毫升、炼乳约 10 克、紫薯约 200 克、紫薯粉少许。

做法
1. 紫薯去皮蒸熟，捣成无颗粒感的细泥，放凉。
2. 在紫薯泥里加入牛奶、炼乳拌均匀。
3. 面粉里放清水和酵母，揉成光滑的面团，加盖子或湿布，静置 10 分钟。
4. 面板上撒上面粉，将面团擀成厚面皮，均匀铺一层紫薯泥。
5. 卷成筒状后，上面撒一层紫薯粉。
6. 用利刀切成小段，移到蒸笼格上，加盖发酵至 2 倍大。
7. 蒸锅水烧开后，放上蒸笼格，中大火蒸 23 分钟，关火焖 3 到 5 分钟，开盖取出。

备注 造型面团一般只稍微静置，塑形完成后再充分发酵。紫薯粉可省略。

蓝莓汤圆

蓝莓约 250 克、白糖约 80 克、柠檬半个、糯米粉约 500 克。

1. 蓝莓入煮锅，放入白糖充分拌匀。
2. 煮锅放没过蓝莓的水，大火煮开后小火熬煮，随时翻动，避免烟底。
3. 待蓝莓煮烂后，挤进柠檬汁，不断搅拌。
4. 熬至蓝莓酱汁变浓稠后关火。放凉后，蓝莓酱会凝结成块状。
5. 糯米粉加温水，揉成与耳垂软度相似的光滑面团。
7. 以 30 克为一个面剂，包上蓝莓馅儿，搓成汤圆。
8. 大火烧开水，放汤圆中火煮开，用小火煮熟（中途可点几次凉水）即可。

果酱中加入柠檬汁能起到调整酸度、杀菌防腐、增加果香等作用。

图书在版编目（CIP）数据

四季有味 ／ 陈美桥著 . -- 成都 ：成都时代出版社，
2024．12． -- ISBN 978-7-5464-3481-0

Ⅰ．I267.1

中国国家版本馆 CIP 数据核字第 2024LQ6707 号

四季有味
SIJI YOU WEI　　陈美桥／著

出 品 人　钟　江
责任编辑　李　佳
责任校对　张　巧
责任印制　江　黎　曾译乐
封面设计　郭　映
装帧设计　成都九天众和

出版发行　成都时代出版社
电　　话　（028）86742352（编辑部）
　　　　　（028）86763285（图书发行）
印　　刷　四川华龙印务有限公司
规　　格　145mm×210mm
印　　张　9.75
字　　数　222 千
版　　次　2024 年 12 月第 1 版
印　　次　2024 年 12 月第 1 次印刷
书　　号　ISBN 978-7-5464-3481-0
定　　价　88.00 元